www.ingramcontent.com/pod-product-compliance
Lightning Source LLC
LaVergne TN
LVHW050950051026
849532LV00005B/1782
9789358723281

واپسی

(افسانے)

اظہار الاسلام

Vaapsi *(Short Stories)*
by: Izharul Islam
Edition: May '2024
Publisher :
Taemeer Publications LLC (Michigan, USA / Hyderabad, India)

ISBN 978-93-5872-328-1

9 789358 723281

کتاب	:	**واپسی** (افسانے)
مصنف	:	**اظہار الاسلام**
صنف	:	فکشن
ناشر	:	تعمیر پبلی کیشنز (حیدرآباد، انڈیا)
سالِ اشاعت	:	۲۰۲۴ء
صفحات	:	۷۰
سرورق ڈیزائن	:	تعمیر ویب ڈیزائن

فہرست

انتساب

والدہ مرحومہ عائشہ خاتون
اور
والد مرحوم محمد اسمٰعیل
کے نام

وہ گھاس اگی ہے کہ نقشے بھی چھپ گئے سارے
نہ جانے آرزوئیں ہم نے دفن کی ہیں کہاں

بسم اللہ الرحمٰن الرحیم

اقرا باسم ربک الذی خلق o خلق الانسان
من علق o اقرا و ربک الاکرم o
الذی علم بالقلم o علم الانسان
ما لم یعلم o کلا ان الانسان لیطغیٰ o
ان راہ استغنیٰ o ان الی ربک الرجعیٰ o

۸ - ۱/۹۶ - ۳۰

پڑھو ، اپنے رب کے اسم سے
کہ جس نے خلق کیا ؛
خلق کیا انسان محبت سے ۔
پڑھو ، اور تمہارا رب بہت کریم ہے ،
کہ جس نے علم دیا قلم سے ؛
سکھلایا انسان کو کہ جس سے وہ لاعلم تھا ۔
پر نہیں ، انسان بے اعتدال ہے ؛
اپنے کو بے نیاز گردانتا ہے ۔
(جبکہ) بلاشبہ ، تمہارے رب ہی کی جانب واپسی ہے ۔

۸ - ۱/۹۶ - ۳۰

ترجمہ : صلاح الدین محمود

اظہار الاسلام کے افسانے

میں اظہار الاسلام کے افسانے ایک عرصے سے پڑھ رہا ہوں۔ فنی اعتبار سے انھوں نے ایک ایسی راہ ہمیشہ اختیار کی جو دو انتہاؤں کے بین بین چلتی ہے۔ یعنی وہ نہ تو بالکل شفاف اور ایک برابر ایک کی طرح کا افسانہ لکھتے ہیں جس کے قاری کو کسی قسم کے ذہنی یا روحانی الجھن نہیں ہوتی اور نہ ہی وہ تجریدی اور علامتی طرز کی ان وادیوں کی سیر کرتے ہیں جہاں قاری کو قدم قدم پر ٹھٹک کر معلوم کرنا پڑتا ہے کہ میں کہاں ہوں۔ صاف اور یک سطحی طرز کے افسانے کے مقابلے میں موخر الذکر افسانہ یقیناً بہتر ہے یعنی براہ راست بات کہنے کے بجائے علامت اور استعارہ اور تجرید کے پردے میں بات ہمیشہ زیادہ خوبصورت بن جاتی ہے۔ اظہار الاسلام نے جو بیچ کی راہ اختیار کی تو اس کی بنا پر وہ سیدھے اور یک سطحی بیان سے محفوظ رہتے ہوئے بھی ایک طرح کی پیچیدگی اور بالواسطگی کو اختیار کر سکے۔ لہٰذا وہ قاری بھی جو بالواسطہ بیان کو پسند کرتے ہیں اظہار الا سلام کو خوش ہو کر پڑھتے اور پسند کرتے ہیں۔

اظہار الاسلام کے یہاں زندگی کا تجربہ تھوڑا پر اسرار ہو کر اور عام طور پر ایک سوالیہ نشان کے ساتھ بیان کیا جاتا ہے۔ ان کے اکثر افسانوں میں یہ بات فوری طور پر بالکل واضح نہیں ہوتی کہ افسانہ ہمیں کدھر لے جا رہا ہے۔ انجام کا غیر متوقع ہونا تو ایک معمولی بات ہے۔ بڑی بات یہ ہے کہ افسانے کے مختلف منازل میں پڑھنے والے پر یہ نہ کھلنے پائے کہ افسانہ نگار کا اپنا کوئی رویہ ہے، یا اس کے کچھ پہلے سے طے شدہ نتائج ہیں، اور افسانہ نگار انھیں رویوں اور نتائج کو قاری کے اوپر جاری اور قائم کرنا چاہتا ہے۔ افسانہ وہی اچھا ہوتا ہے جس میں سے نتیجہ یا نتائج قاری خود نکالے۔ اظہار الاسلام اس نکتے کو بخوبی جانتے ہیں۔

یوں تو اظہار الاسلام کے افسانے بہار اور بنگال کے اس علاقے سے متعلق

ہیں جسے سیاہ الماس(Black Diamond)یا کوئلے کا علاقہ (Coal Field) کہا جاتا ہے لیکن ان کے افسانوں کا فکری پس منظر کوئلے کے میدانوں تک محدود نہیں وہ اکثر ہمیں نئی دنیاؤں کی سیر کراتے ہیں لیکن بالواسطہ اور خفیف اشاروں کے ذریعہ۔ اس طرح ان کا افسانہ یک سطحی ہونے سے بچ جاتا ہے۔ اظہار الاسلام کے افسانے عام طور سے ایسے ہی پرچوں میں چھپے جن کے پڑھنے والوں کا سروکار کچی اور وقتی ادبی سیاست سے نہیں بلکہ ادب سے تھا۔ مثلاً معیار، سطور، مقدر، شب خون، آہنگ، محور، ان تمام رسالوں میں یہ بات مشترک تھی بلکہ مشترک ہے کہ وہ جدیدیت کو معاصر اردو ادب کا حاوی اور مناسب ترین طرز قرار دیتے تھے۔

اظہار الاسلام کے ان افسانوں کو آج پڑھئے جو پندرہ بیس برس پہلے ان پرچوں میں چھپے تھے جو صاف محسوس ہوتے کہ جدیدیت نے جن ادبی اور فنی ترجیحات کو قائم کیا تھا وہ آج چاہے جس نام سے پکاری جائے، لیکن ہیں اب بھی پوری طرح معنی خیز۔ آج کا زمانہ تسلسل کا زمانہ ہے، انقطاع کا نہیں۔

مجھے یقین ہے کہ اظہار الاسلام کے افسانوں کا یہ مجموعہ ہاتھوں ہاتھ لیا جائے گا۔

شمس الرحمن فاروقی

بیان اپنا

تیسری چوتھی جماعت میں تھا کہ ابا نے بچوں کے رسالے پڑھنے کو دیئے۔ وہ بھی کیا دن تھے، ہر ماہ میاں فولادی اور نسطور کے کارناموں کا انتظار رہتا۔ "الٹا درخت"، "ستاروں کے قیدی"، "خوفناک جزیرہ" مجھے خوابوں کی دنیا میں لے جاتے۔

انہیں دنوں صبح صبح ایک بوڑھا ہماری گلی میں آتا۔ سر پر بڑا سا ٹین کا بکس، سیاہ لباس، چہرے پر سفید داڑھی، ہونٹوں پر مسکراہٹ۔ اس کا بکس تھا کہ جادو کا پٹارہ، اس میں طرح طرح کے بسکٹ اور کیک کے علاوہ کبھی کبھی میرے لئے رسالے بھی ہوتے۔

اسکول کا زمانہ پلک جھپکتے شرارتوں میں گزر گیا۔ امتحان کے دوران بھی راتوں کو جاگ جاگ کر ابن صفی کے ناول پڑھے جاتے۔

کالج میں ایوننگ کلاسیں ہوتیں۔ مجھے کیسے بی۔ کام اور اسپیشل بی۔ اے کی ڈگری ملی، میں نہیں جانتا۔ اتنا جانتا ہوں کہ میں نے ان دنوں آگ کا دریا، اداس نسلیں، اور آنگن کے علاوہ بے شمار کتابیں پڑھ ڈالیں۔ ہندپاک کے رسائل دیکھ ڈالے۔ موپاساں، چیخوف، ہنری، جوائس، ولف، سارترے، ڈکنس، کافکا، کامیو، لارنس، گراہم گرین وغیرہ نے بھی میرے ذہن کو جلا بخشی۔ جتنا پڑھتا تشنگی بڑھتی چلی جاتی۔

انہیں دنوں کہانی لکھنے کا شوق چرایا۔ پہلی کہانی "کر اور کرن" لکھی اور ماہنامہ "شاعر" میں بھیج دی۔ اعجاز صدیقی مرحوم نے حوصلہ افزائی کی۔ پھر کیا تھا، ۱۹۷۰ سے ۱۹۸۰ تک تمام معیاری رسالوں میں میری کہانیاں چھپیں۔

میں نے کبھی کسی نظریہ یا تحریک سے متاثر ہو کر نہیں لکھا اور نہ ادب کے معاملے میں کبھی کوئی سمجھوتہ کیا۔ تجربات، مشاہدات، اور احساسات ہی میری کہانیوں کے محرک بنے۔

پھر میں نے اپنی سیمابی فطرت کی بنا پر لکھنا چھوڑ دیا۔ لیکن طبیعت میں ایک چبھن تھی جو مجھے تڑپاتی رہی۔ میں بنجارے کی طرح نگری نگری گھوما۔ شہر شہر مہیب اور ہولناک مناظر میری آنکھوں میں کوئلے کے ریزے کی طرح کھٹکتے رہے۔ نعرے بدلتے گئے لیکن حالات وہی رہے۔ فضا میں زہر گھلتا رہا اور ہر سانس آخری لگتی رہی۔

میرے شہر کے نیچے کوئلے کے علاوہ آگ، پانی، دھواں اور ریت ہے۔ اکثر کہیں نہ کہیں زمین دھنس جاتی ہے۔ اسی شہر میں ۱۰ر فروری ۱۹۴۹ء کو میں نے زندگی کی پہلی سانس لی، یہیں برن اسٹینڈرڈ کمپنی لمیٹڈ میں میرے پسینے بہے۔ یہ شہر مجھے کیوں نہ عزیز ہو کہ یہاں میرے

ہمدردوں اور بہی خواہوں کی کمی نہیں۔

۱۷ سال بعد کہانی "واپسی" کے ذریعہ ادبی دنیا میں میری مراجعت ہوئی۔ یہ کہانی "شب خون" میں شائع ہوئی۔ شمس الرحمن فاروقی صاحب کی حوصلہ افزائی نے اس میدان میں دوبارہ قدم جمانے کی قوت عطا کی۔ نئی نسل کی ذہنی آبیاری میں ان کی جو خدمات ہیں وہ کبھی فراموش نہیں کی جاسکتیں۔ ابھی چند ماہ گزرے ہی تھے کہ میرے دوستوں کے اصرار نے شدت اختیار کی کہ میں اپنے افسانوں کا مجموعہ شائع کروں۔

بھائی چودھری ابن النصیر نے اشاعت کی ساری ذمہ داری اپنے سر لی۔ دوستوں نے ہر ممکن اعانت کی۔ اس طرح وہ خواب جو میرے لاشعور میں روپوش تھا شرمندہ تعبیر ہوتا ہوا نظر آیا۔

اس مجموعے میں پہلی کہانی "کہر اور کرن" بھی ہے اور تازہ کہانی "کالے ہیرے" بھی۔ کہانیوں کے انتخاب میں میری اپنی پسند کے علاوہ میرے دوستوں کی بھی پسند شامل ہے۔ اس مجموعہ کی ایک بھی کہانی آپ کو اچھی لگے تو میرے دوستوں کو دعائیں دیجئے اور خدانخواستہ بری لگے تو سنگ اٹھایئے سر حاضر ہے۔

اظہار الاسلام
۴۷، جامع مسجد لین
رانی گنج۔ ۷۱۳۳۴۷
(مغربی بنگال)

اجنبی

اچانک وہ ٹھٹھک گیا۔ بڑا ہیبت ناک چھوکرا تھا۔ شاید وہ پہلے بھی اسے کہیں دیکھ چکا تھا۔

لیکن کہاں۔۔۔ ؟

دیکھتے ہی دیکھتے وہ چھوکرا قریب سے گذر کر بھیڑ میں تحلیل ہو گیا اور وہ بیچ چوراہے پر گہری سوچ میں ڈوب گیا۔ اس کے ذہن میں بجلیاں کوندنے لگیں، دماغ کی رگوں کا تناؤ بڑھتا گیا اور اس کا وجود بکھرنے لگا۔

اچانک کسی نے اسے زور سے کھینچ لیا اور سن سے ایک لاری گذر گئی۔

کیا مرنے کا ارادہ ہے۔۔۔ ؟" ایک بنگالی بابو نے اسے گھور کر جھڑکا۔

اس کا دل یوں دھڑکا جیسے چھاتی پھاڑ کر باہر آجائے گا۔ سارا جسم پسینے سے شرابور ہو رہا تھا وہ تیز قدموں سے گھر پہنچا۔

راشن کا تھیلا بیوی کے ہاتھ میں تھما کر وہ غسل خانے میں گھس گیا اور منہ پر پانی کے چھینٹے مارے۔ وہ ہیبت ناک چھوکرا اب بھی اس کے ذہن میں "کہاں"۔۔۔ "کہاں"۔۔۔۔ کی رٹ لگا رہا تھا۔

"اے جی، سنتے ہیں!" اس کی بیوی آنگن سے ممیائی،

"کیا ہے۔۔۔ ؟" وہ وہیں سے ہنہنایا۔

"کیا اس مہینے چائے کی ہڑتال رہے گی؟"

"" کیوں۔۔۔ ؟ اس نے منہ پونچھ کر تولیہ تار پر پھینک دیا۔

"چائے لانا تو بھول گئے!" وہ اُسے عجیب نظروں سے دیکھ رہی تھی۔

وہ دوبارہ مارکیٹ پہنچا۔ جس دوکان سے وہ مہینہ بھر کی چائے لیتا تھا وہاں کافی بھیڑ تھی کچھ دیر بعد وہ بھی کاؤنٹر کے سامنے تھا لیکن اس کا ذہن اب بھی دور چوراہے پر بھٹک رہا تھا۔ چائے کا پیکٹ لیتے وقت اچانک اس کا ہاتھ رُک گیا، ساتھ ہی اس کے ذہن پر جمی گرد یکسر صاف ہو گئی۔ نیبل کے پیچھے وہی ہیبت ناک چھوکرا تھا۔

ایسا کئی دن سے ہو رہا تھا۔ ابھی اس روز وہ مسعود کے یہاں چائے پر مدعو تھا، اسکی بیوی نے خاصہ اہتمام کیا تھا کیونکہ اس کی سفارش پر مسعود کو ایک جگہ نوکری مل گئی تھی۔ چائے پیتے پیتے اس کی نگاہ ٹی پاٹ پر پڑی تو ٹی پاٹ کچھ جانا پہچانا سا لگا، لیکن کہاں دیکھا تھا کچھ یاد نہ آیا۔ نگاہ پھیر کر مسعود کی طرف دیکھا تو اسے یوں لگا جیسے مسعود کی گردن پر چہرے کی جگہ ٹی پاٹ رکھا ہو۔ اس کا ذہن دھواں دھواں ہونے لگا۔ جتنا سوچتا دھواں بڑھتا ہی جاتا۔ گھبرا کر اس نے چائے کی پیالی رکھ دی۔

"کیا ہوا۔۔۔؟" مسعود حیران تھا۔

"کچھ نہیں۔۔۔۔!" وہ اٹھ کھڑا ہوا اور دونوں کو ہکا بکا چھوڑ کر چلا آیا۔

گھر پہنچ کر وہ بستر پر آنکھیں بند کر کے لیٹ گیا۔ وہ ٹی پاٹ اب بھی اس کے ذہن پر ہتھوڑے برسا رہا تھا۔

شام ہو رہی ہے، کیا نسیم کے ہاں نہیں چلنا؟ دُھلے ہوئے کپڑوں کو الماری میں رکھتے ہوئے بیوی نے پوچھا۔

"ہوں۔۔۔کون نسیم۔۔۔؟" وہ چونکا "اچھا نسیم۔۔۔ارے۔۔۔۔۔تو کیا۔۔۔۔وہ۔۔۔۔وہ ٹی پاٹ۔۔۔۔۔" آگے وہ کچھ نہ بول سکا اور اگلے ہی پل وہ یوں ہلکا پھلکا سا ہو گیا جیسے جونکوں نے دماغ کا سارا فاسد خون چوس لیا ہو۔

صبح وہ آئینہ کے سامنے تھا اور نگاہ بیوی کی پشت پر جمی ہوئی تھی گوشت کی فاضل تہیں بلاؤز سے پھٹی پڑ رہی تھیں۔

"سیما میری مانو تو ڈائٹنگ شروع کر دو۔" اس نے ٹائی باندھتے ہوئے کہا۔

"کیوں۔۔۔؟" اس نے پلٹ کر پوچھا۔

"ارے دیکھو تمہاری فکر کتنی بھدی ہوتی جا رہی ہے۔"

"یہ آپکو پہلے سوچنا چاہیے تھا" اسکی آنکھوں میں شرارت تھی۔

اس نے ہنستے ہوئے اسے دبوچ کر پیار کر لیا۔ دفتر جاتے وقت یہ اس کا معمول تھا۔

پارکنگ شیڈ میں اسکوٹر چھوڑ کر وہ اپنے چیمبر کی طرف بڑھا۔ کاریڈر میں اسٹاف کے کچھ لوگ چہ میگوئیاں کر رہے تھے۔ چیمبر کے قریب پہنچ کر اس کی نگاہ یو نی پی۔ لو کی کیبن پر پڑ گئی کسی کی پیٹھ اُدھر تھی اور پی لو اس سے باتیں کر رہا تھا۔ اچانک وہ کسی ضرورت سے داہنی طرف جھکا اور اس کا گورا چٹا چہرہ سامنے آ گیا۔ وہ یکایک کھو سا گیا۔

"کہاں دیکھا ہے؟" "کہاں دیکھا ہے۔؟" اس کے ذہن میں پھر بگولے سے اٹھنے لگے۔

باہر وہ زیادہ دیر نہیں رُکا اور اپنے چیمبر میں آ کر بیٹھ گیا۔ اس نے ایک آدھ فائل الٹ پلٹ کی مگر ہر فائل سے وہی گورا چٹا چہرہ جھانکنے لگتا۔

وہ اٹھ کر باہر آیا۔ راہداری میں کوئی نہ تھا۔ اس نے دوبارہ کیبن پر نظر ڈالی۔ اس کی پیٹھ اب بھی ادھر ہی تھی۔ وہ راہداری کے آخری سرے تک چلا گیا پھر بلا ضرورت باتھ روم میں ایک سگریٹ پھونک کر واپس ہوا۔ پی۔ لو۔ اب بھی اس سے ہاتھ ملا رہا تھا۔ وہ کچھ آگے بڑھا، کیبن سے نکلتے ہوئے اس گورے چٹے چہرے نے اس پر ایک اچٹتی سی نظر ڈالی اور سامنے سے ہوتا ہوا گذر گیا۔

"سنیے!" اس نے چیخنا چاہا مگر حلق سے آواز نہ نکلی۔

کچھ دیر بعد وہ پھر اپنے چیمبر میں تھا۔ اس نے دھیان ہٹانے کے لئے ڈرافٹ کرنا شروع کیا۔ لیکن دو تین سطر لکھنے کے بعد اس کا قلم رُک گیا۔ وہی گورا چٹا چہرہ پھر اس کے ذہن میں سانس لے رہا تھا۔

وہ باہر نکل آیا۔ راہداری سنسان تھی۔ پی۔ لو کسی کاغذ پر جھکا کچھ لکھ رہا تھا۔ وہ اس

کے سر پر جا کھڑا ہوا۔

"سر!" اس نے تھوک نگلتے ہوئے آواز نکالی۔ "کون 'ہاں'؟" وہ چونک پڑا۔

"سر!" وہ کچھ دیر پہلے جو یہاں۔۔۔"

"ہیں! کون؟" اس کی آنکھیں حیرت سے ابل پڑیں۔

وہی ایک گورا چٹا سا۔۔۔" اس نے مشکل سے کچھ کہنا چاہا۔

اچانک اس کی آنکھوں کا رنگ بدل گیا" آپ دوسروں کی ٹوہ میں کیوں رہتے ہیں؟ اپنے کام سے کام رکھئے، آپ کو ضابطوں کا ذرا بھی پاس نہیں، اور یہ آپ ہر روز لیٹ آتے ہیں، جب تب ناغہ کرتے ہیں، کام پینڈنگ رکھتے ہیں، اس کی کچھ فکر ہے آپ کو؟؟ وہ الٹا گلے پڑ گیا۔

دوپہر کو پے لے کر وہ دفتر سے لوٹ آیا۔ وہاں بیٹھنا اس کے لئے دوبھر ہو گیا تھا۔

سڑک پر ٹریفک کا شور و غل تھا۔ اس نے ایک بینک کے سامنے اپنا اسکوٹر روکا جہاں وہ ہر ماہ سیونگز اکاؤنٹ میں سو روپے ڈالتا تھا۔ اندر کافی بھیڑ تھی۔ اسے جلد ہی ایک شناسا کے ذریعہ چھٹکارا مل گیا۔ باہر نکلتے نکلتے یوں ہی اس کی نگاہ شیشے کے کیبن سے ٹکرائی۔ ایجنٹ کی کرسی پر وہی گورا چٹا چہرہ تھا۔

اس نے گھر جانے کا ارادہ ملتوی کر دیا سامنے ایک سینما ہال تھا۔ وہ ٹکٹ لے کر ہال میں داخل ہو گیا۔ پردے پر تصویریں متحرک تھیں مگر اس کا ذہن کہیں اور تھا۔ کیا یہ کسی قسم کا مرض ہے؟ اسے دوستوں سے صلاح کرنی چاہئے۔ شاید ان کے ساتھ بھی ایسا ہوتا ہو، لیکن کہیں وہ الٹا اس کا مذاق نہ اڑا لیں، تو پھر اسے کیا کرنا چاہئے؟ کیا وہ کسی ڈاکٹر سے رجوع کرے؟

شام کو وہ گھر پہنچ کر کرسی پر ڈھیر ہو گیا۔ بیزاری اور تھکن سے چور چور تھا۔ اس کی بیوی قریب آکر کرسی کے ہتھے پر بیٹھ گئی اور گلے میں بانہیں ڈال کر اسے پیار کرنا چاہا، مگر اس نے منہ پھیر لیا۔ وہ ذلت کے احساس سے پاؤں پٹخ کر چلی گئی۔

اسے کیا کرنا چاہئے وہ فیصلہ نہیں کر پارہا تھا۔ کیا سیما سے اس کا تذکرہ کرے، مگر وہ تو پہلے ہی اس سے نالاں تھی۔ چائے پی کر وہ یوں ہی سڑکوں پر سگریٹ پھونکتے ہوئے بھٹکتا رہا۔

سامنے ایک سائیکیٹرسٹ کی نیم پلیٹ چمچمارہی تھی۔ اس کے قدم خود بخود اندر کی جانب اٹھ گئے۔ بوڑھے سائیکیٹرسٹ نے اسے بڑی خوش اخلاقی سے اپنے سامنے بٹھا کر آنکھیں موند لیں۔

وہ بڑے غور سے اس کی صفاچٹ کھوپڑی دیکھ رہا تھا۔ اچانک سائیکیٹرسٹ نے اپنی آنکھیں کھولدیں، اس کا چہرہ کافی گمبھیر ہو گیا تھا۔

"معاف کیجئے! اس سے قبل میں نے آپ کو کہیں دیکھا ہے۔۔۔؟" وہ اپنی کھوپڑی پر ہاتھ پھیرتے ہوئے بڑبڑایا۔

اس کا جی چاہا کہ سامنے پڑا ہوا پیپر ویٹ اس کی کھوپڑی پر دے مارے مگر وہ چپ چاپ اٹھ کر باہر آگیا۔ بوڑھے کی آواز دور تک اس کا پیچھا کرتی رہی۔

دوسرے دن وہ ایک جنرل اسٹور سے نکل رہا تھا کہ کسی لڑکی سے ٹکراتے ٹکراتے بچا۔

"ارے! راشد تم؟"

اس نے مڑ کر دیکھا۔ لڑکی اس کے قریب آگئی تھی۔

اس کا چہرہ اب بھی سپاٹ تھا، حیرت کی کوئی لکیر نہ تھی۔

"معاف کیجئے! میں نے آپ کو پہچانا نہیں!" اس نے خشک لہجے میں کہا۔

"ارے! مجھے بھول گئے، میں نیلی ہوں نیلی!

تب اسے یاد آیا، نیلی کالج میں اس کی کلاس فیلو رہ چکی تھی، دونوں میں ایک پل خوب بنتی تھی۔ اور پھر نیلی ہی نے سب سے پہلے اسے بدن کی خوشبو سے ہمکنار کیا تھا۔

لیکن وہ اس کے سامنے انجان بنا رہا اور جلد ہی جان چھڑا کر آگے بڑھ گیا۔

راستے بھر اس کی نگاہیں نیچی رہیں، کہیں کوئی شناسا اسے پھر پہچان کے عذاب

میں جتلانہ کردے۔

گھر پہنچ کر اس نے کھانا کھایا اور آنگن میں ٹہلنے لگا آج وہ سیما سے بھی نظریں چرا رہا تھا۔

دوسرے دن سے اس نے اپنے اس رویے کی رفتار بڑھا دی۔ دفتر میں بھی وہ مخاطب کی طرف نہیں دیکھتا۔ اسکوٹر چلاتے وقت وہ اپنی نگاہیں سڑک پر گاڑے رکھتا۔ بیوی کی شکل دیکھے مہینہ بھر سے اوپر ہو چلا تھا دوستوں کے چہرے بھی کچھ بھول سا گیا تھا، لیکن وہ پھر بھی مطمئن تھا۔ اس کے کام کی رفتار بڑھ گئی تھی، دفتر میں اس کی ترقی کی خبر اڑ رہی تھی۔ ادھر بھوک بھی خوب جم کر لگتی۔ وزن بھی قدرے بڑھ گیا تھا۔ صبح آئینہ دیکھتا تو چہرے پر سرخی سی نظر آتی۔

دفتر جاتے وقت بیوی کو پیار کرنا اب اس کا معمول نہیں تھا، کبھی کبھی سوچتا آنکھیں بند کر کے پیار کر لینے میں کوئی حرج نہیں، مگر اگلے ہی پل میں وہ اس مضحکہ خیز تصور پر خود ہی ہنس پڑتا۔

پہلے بیوی ٹھہرا ہوا تالاب تھی، مگر اب کبھی جھیل کبھی جھرنا کبھی منہ زور ندی کبھی شریر آبشار۔۔۔ وہ موسموں کی طرح ہر بار بدل جاتی۔

آج چھٹی تھی۔ وہ دیر تک سوتا رہا، جب جاگا تو سورج کافی چڑھ چکا تھا، ناشتے کے بعد وہ باہر نکلنے کے لئے تیار تھا کہ سیما کمرے میں داخل ہوئی۔

"آج کل آپ بہت بدل گئے ہیں، اب پہلے کی طرح کوئی بات آپ میں نظر نہیں آتی۔ راتوں کو بھی آپ وہ نہیں لگتے جو پہلے تھے۔" وہ بولے جا رہی تھی۔

وہ چپ چاپ سب کچھ سنتا رہا پھر کوئی جواب دیے بغیر باہر نکل گیا۔ اس نے کوئی نئی بات نہیں کی تھی۔

وہ اپنی دھن میں چلا جا رہا تھا کہ اچانک اسے کسی نے آواز دی۔۔۔ وہ چونک کر مڑا، پیچھے کوئی نہ تھا۔ شاید اسے دھوکہ ہو رہا تھا۔ وہ اپنی راہ لگنے والا تھا کہ سامنے پان کی دکان پر کسی کو دیکھ کر رک گیا۔ کوئی اسے برابر گھورے جا رہا تھا۔ اس نے آنکھیں جھکا کر نکل

جانا چاہا مگر تلوے زمین سے چپک گئے۔

"معاملہ فوراً صاف ہو جانا چاہئے ورنہ سارے کئے کرائے پر پانی پھر جائے گا۔"
اس نے فیصلہ کیا۔

"معاف کیجئے!" اسنے آگے بڑھ کر اجنبی کے کندھے پر ہاتھ رکھنا چاہا مگر کندھا دور ہی رہا۔

"سنئے! میں نے آپ کو کہیں دیکھا ہے؟" اسکی سانس پھولنے لگی۔

اجنبی اب بھی اسے خاموشی سے دیکھ رہا تھا۔

"آپ بولتے کیوں نہیں؟" اس نے تیز لہجے میں کہا۔

وہ اب بھی خاموش تھا۔

"اگر اس بار نہیں بولے تو میں تمہارا گلا گھونٹ دوں گا" وہ زور سے چیخا۔

چاروں طرف سے لوگ دوڑ پڑے ایک بھیڑ اکٹھا ہو گئی۔

وہ بار بار اپنا ہاتھ بڑھا رہا تھا اب اسکے منہ سے کف اڑنے لگا تھا۔

اچانک اسکا ہاتھ رک گیا اور چہرے پر خوف کی لکیر پھیل گئی۔

سامنے اجنبی اسکا منہ چڑھا رہا تھا۔

❖❖❖

ڈیڑھ منزلہ سورج

وہ ایسی بھی نہیں تھی جس کی تعریف میں سمندروں کو گھولنے ،درختوں کو چھیلنے کے چکر میں پڑکر پوری دنیا کو ایک نئے خطرے سے دوچار کر دیا جائے۔ وہ تو بس ایسی تھی جیسی آپ کو کسی کھر درے فٹ پاتھ ،دھندلے چوراہے، بس کی ٹیڑھی کیو، ٹرام کے لحاتی سفر یا کسی گھاٹ کی سیڑھیوں پر اچانک مل جائے اور آپ دو گھڑی کے لئے رک جائیں۔ پھر چند قدم اٹھانے کے بعد وہ احساس کی میٹھی چبھن ،وہ تصور کی سوندھی سوندھی مہک ،وہ خلش کی گوری چٹی دھوپ آپ کے دل پر سے یوں مٹ جائے جیسے کوئی بچہ سلیٹ پر کوئی لکیر کھینچ کر مٹا دیتا ہے۔

کلکتہ بھی عجیب سا نگر ہے۔ صبح یہاں پندرہ لاکھ آبادی بڑھ جاتی ہے اور شام کو گھٹ بھی جاتی ہے۔ یہ بات نہیں کہ یہاں پر روز پندرہ لاکھ بچے پیدا ہوتے ہیں بلکہ لاکھوں بگولوں کے اس ریگستان میں جب سورج جھانکتا ہے تو اسٹیشن کے کینوس پر لاکھوں پرچھائیاں اس طرح بکھرتی ہیں جیسے پتھر کے گرنے پر تالاب کی لہریں اور سورج کے کروٹ بدلتے ہی پھر اس کینوس میں ہانپتی یوں سماجاتی ہیں جیسے تپتی زمین پر بارش کے چھینٹے۔ انہیں پرچھائیوں کی بھیڑ میں سلمٰی بھی ایک کا ہندسہ تھی جس کے دائیں بائیں کوئی صفر نہ تھا۔

اس کا خمیر بنگال کی اس مٹی سے گندھا ہوا تھا جہاں آج بھی پلاس کی نرم چھاؤں ہے۔ جھومتے املتاس کی سرگوشیاں ہیں، کنول کی ڈال تالاب کے پانی پر یوں جھک جاتی ہے جیسے کوئی اپنی محبوبہ کو چوم رہا ہو۔ کیلے کے پتوں کو خاموش اشارہ ہے، ناریل کے پیڑوں کا اپنا وقار ہے، گھاٹ پر گاگریں کھلکھلاتی ہیں اور جہاں کٹھل کے درختوں پر اب بھی بھوتوں کا بسیرا ہے۔ لیکن اس گاؤں میں آج تک کسی نے گولر کا پھول نہیں سونگھا

کیوں کہ اس کی دادی ماں کہتی تھی کہ جب آدمی رات کو یہ پھول کھلتا ہے تو کوئی پری آکر اسے لے جاتی ہے۔ مگر اب سونگھنے کا سوال ہی نہیں پیدا ہوتا کیوں کہ اب وہاں اس پیڑ کی جگہ ایک دیو قامت واٹر ٹینک کھڑا ہے۔ وہ ناگ پھنی کا کٹیلا پودا بھی نہیں جس کے نزدیک وہ تتلیوں کے پیچھے بھاگتی تھی۔ وہ سانولا سلونا سیمل کا درخت بھی نہیں جس کے نیچے اسکول سے لوٹتے ہوئے وہ لال لال پھول چنا کرتی تھی۔ وہ دونوں تالابوں میں کچوری پانا کی ہری پتیاں بھی نہیں جس کی درمیانی پگڈنڈی سے گذر کر وہ کالج جاتی تھی۔۔۔۔ اب تو برقی ٹرین کی گھڑ گھڑاہٹ ہے، آفس کا بے ہنگم شور ہے، اندر کی گھٹن، خوف، بے حسی اور لاتعلقی ہے۔ اور وہ انھیں گونگے لفظوں کے ماتھے پر مصلوب ایک سوالیہ نشان ہے۔

رات کا اژدہا شام کی ہرنی کو دھیرے دھیرے نگل رہا تھا۔ دریا کا چوڑا چکلا سینا ہچکولوں سے زیر و بم تھا۔ اور نرم گھاٹ کی شام بڑی کجلائی سی تھی۔ پتھریلا فٹ پاتھ انگنت قدموں کے بوجھ سے ہانپ رہا تھا۔ اس کا نرم ہاتھ عقیل کے سخت ہاتھ میں تھا۔

"آخر ہم یوں کب تک ڈوبتے ابھرتے رہیں گے؟" اس نے بات آگے بڑھائی۔

عقیل خاموش تھا۔

"دیکھو روز روز کا یہ لمحاتی سفر مجھے پسند نہیں۔ گھر والوں کی آنکھوں میں شک کا دریا روز چڑھتے اترتے دیکھتی ہوں۔"

وہ چپ تھا۔

"یہ اوور ٹائم کا بھنور مجھے کھا جائے گا۔ لمبی پر روز کے بہانے کا جادو ٹوٹ رہا ہے، میں کل سے نہیں۔۔۔۔"

عقیل نے اس کے لبوں پر اپنے خشک ہونٹ رکھ کر سلسلۂ گفتگو منقطع کر دیا۔

"اوہ عقیل! تمھیں تو ہر وقت بس یہی سوجھتی ہے۔" وہ پرے ہٹتے ہوئے بولی۔

"وہ جوڑہ کا پل دیکھ رہی ہو۔ وہ کسی کی تعریف میں باندھا ہوا اچھا گوں کا پل نہیں

خالص فولاد کا بنا ہوا ہے۔ وہ دونوں کناروں کو آپس میں جوڑتا ہے۔ ہم بھی دو کنارے ہیں لیکن ہمارے رشتے کی ندی پر ابھی کوئی پل نہیں بن سکتا۔ وہ وقت نہیں آیا ہے۔ تھوڑا انتظار کرو۔" اس کا لہجہ بڑا سپاٹ تھا۔

"وہ کشتی دیکھ رہے ہو جس پر اسباب لادا جا رہا ہے۔ اگر یہ سلسلہ ختم نہیں ہوا تو اس کا انجام جانتے ہو کیا ہوگا؟" وہ اس کی طرف استفہامیہ نظروں سے دیکھی۔

"جانتا ہوں لیکن اس کے ساتھ ملاح بھی ڈوب جائے گا۔" وہ دھیرے سے بولا۔

"تب پھر ڈوب جانے دو"۔ وہ بولی۔

"میں تمہیں پیار کر سکتا ہوں۔" اس نے سرگوشی کی۔

"لوگ دیکھ رہے ہیں۔" وہ گھبرا کر بولی۔

"تب پھر میں کیا کروں؟" وہ بولا

"دیکھنے دو۔" وہ بولی۔

آنگن میں قدم رکھتے ہی وہ رک گئی۔ اسے ایک تولیہ نظر آیا جو بیری کے نیچے تار پر پڑا تھا۔ ملگجی روشنی میں لوھر ادھر دیکھا۔ یہ تولیہ اس کے گھر کا نہیں تھا۔ وہ گھر کے ایک ایک رومال کو پہچانتی تھی۔ یہ تو کوئی نیا ہی تھا۔

وہ چونکی۔ اس کی ماں ادھر ہی آرہی تھی۔

"آبیٹی! بڑی دیر کردی، دیکھ تو کون آیا ہے۔"

اس کے سامنے رشید کھڑا تھا۔ صاف گھر درا کافی لمبا چوڑا۔

"پہچانا تم نے۔"

اس نے نفی میں سر ہلا دیا۔

"ارے یہ اپنا رشید ہے۔ بچپن میں ساتھ کھیلتی تھی۔"

اس نے پلٹ کر دھندلے گھا میں جھانکا۔ کہیں بھی کونے کھدرے میں اسے یہ گھروندا نظر نہیں آیا۔

اس نے ایک بار پھر انکار میں سر ہلا دیا۔

"بھول گئی۔ یاد بھی کیسے رہتی۔ رشید چند دنوں تک تو یہاں لگا پھر ماں کے ساتھ پردیس چلا گیا۔"

چولہے کے سامنے بیٹھی وہ نوالے بنا رہی تھی۔ وہ سامنے بیٹھا دانے چگ رہا تھا۔ ایک ایک دانہ احتیاط سے چونچ میں رکھتا۔ دانہ الگ کنکر الگ۔ انگلیاں نپی تلی چال چل رہی تھیں کہیں مزہ کی بساط نہ الٹ جائے۔ دو آگے کی مرچ دو پیچھے کے نمک پر نظر رکھتے ہوئے۔ کتنا جانچا تلا قدم تھا اس کا۔ وہ محسوس کئے بنا نہ رہ سکی۔

تکیہ پر سر رکھے وہ غلاف کو ناخن سے کرید رہی تھی۔ نیند کا پرندہ کہیں دور پھڑ پھڑا رہا تھا۔ اس نے دوسری اور کروٹ لی۔ سامنے دیوار پر چھپکلی بڑی شاطرانہ چال میں پتنگے کی طرف بڑھ رہی تھی۔ دھیرے دھیرے رک رک کر کہیں پتنگا خبردار نہ ہو جائے۔ قریب پہنچ کر ایک ہی جست میں چھپکلی نے شکار پر قابو پالیا۔ اس کی چیخ گلے ہی میں گھٹ گئی۔ اس کے جسم پر اجنبی انگلیاں بڑی شاطرانہ چال چل رہی تھیں۔ بڑے منجھے ہوئے ہاتھ تھے۔ وہ مدافعت بھی نہ کر سکی۔ سب کچھ آن کی آن میں ہو گیا۔ وہ بازی ہار چکی تھی۔

صبح دیر تک وہ بستر پر لیٹی رہی۔ اٹھنے کو جی نہ چاہ رہا تھا۔ رات کی بات اس کے ذہن میں ڈنک مار رہی تھی۔ ایک زہریلا سیال اس کے ذہن میں گھل رہا تھا۔ کبھی دل چاہتا اٹھ کر اس کا منہ نوچ لے اور چیخ چیخ کر سارے گھر کو اکٹھا کر لے مگر کوئی بات تھی کہ آنچل پکڑ رہی تھی۔ بستر میں منہ چھپا کر رونے کے سوا چارہ بھی نہ تھا۔

نو کے قریب وہ کمرے سے نکلی۔ تھوڑی دیر قبل ماں نے آکر اسے اٹھانا چاہا مگر اس نے طبیعت کی خرابی کا بہانہ کر دیا تھا۔ آنگن میں دلیا بیری کے پتوں کو جھاڑو سے سمیٹ رہی تھی۔۔۔ تار پر سے تولیہ غائب تھا۔

لفٹ چوتھی منزل سے جا لگی۔ وردی پوش چھوکرے نے گیٹ مشینی انداز میں کھول دیا۔ راہ داری اداس، دروازے دم بخود، کھڑکیاں چپ چپ سی لیکن جیسے ہی وہ

آفس کا دروازہ کھول کر اندر داخل ہوئی ساری خاموشی یکلخت جاگ پڑی۔ الفاظ کھڑ کنے لگے، ٹائپ مشین کراہنے لگی۔ اس کے ساتھ قلم میز کرسیاں پیپر زفائلیں اور رجسٹرز کی نوکیلی چیخوں سے اس کے ذہن پر خراشیں پڑنے لگیں۔

بوسیدہ جسموں کے الاؤ سے گذر کر وہ اپنے چیمبر میں سما گئی۔ بڑی دیر تک وہ اپنی میز کے سامنے سرنگوں رہی پھر بٹوہ میز پر ڈالا۔ ڈسک کلنڈر کو سیدھا کیا۔ انگیجمنٹ پیڈ پر نگاہ پھینکی اور کرسی پر پڑاؤ ڈال دیا۔ تھکے تھکے پپوٹوں کو بند کر کے ذہن کے بادبان کھول دیئے۔ سبز در سبز جزیرہ ابھرنے لگا، احساس کی جمی کائی چھٹنے لگی۔ افکار کا گدلا پانی پھر سے ہلکورے لینے لگا۔

آخر گھڑیال نے چوتھی سانس لی۔ انگلیاں اب بھی مصروف تھیں۔ آنکھوں کی ملنا میں کسی ہوئی تھیں، جسم کی چٹان تھکن سے ریزہ ریزہ تھی

۔ لیکن فائلوں کا دریا چڑھتا ہی جارہا تھا اور وہ اسی منجدھار میں غوطے کھارہی تھی۔ اس سے پہلے کہ وہ مکمل ڈوب جاتی ایک برقی لہر نے اسے ساحل پر لا پھینکا۔

باس کی کال تھی۔ نہ جانے کب سے وہ اس کا منتظر تھا۔

اس نے اپنے ذہن کو جھٹکا دے کر اپنی ہمزاد کو دور بھگانا چاہا جو اسے انا کے دائرے میں سمیٹ رہی تھی۔ اس کی آہٹ کے سائے باس کے روم کی جانب پھیل رہے تھے۔

وہ ایک بڑی میز کے سامنے یوں رک گئی جیسے آگے عفریت کا بسیرا تھا۔ میز کے اس پار باس کا ڈھانچہ جہاز کے مستول کی طرح کھڑا ہوا تھا۔

"بیٹھو!" جہاز نے لنگر اٹھایا۔

وہ بیٹھ گئی۔

"سب کاغذات تیار ہو گئے؟ ہند ریفائنری کا آرڈر کینسل کر دو، بھارت ریفریکٹری کا ٹنڈر منظور ہو گیا۔ ماڈرن مل کو پے ان اڈوانس کی شرط بھیج دو۔" اس کے کان میں جہاز کے ڈھیر سارے سائرن سنائی دے رہے تھے۔

"یس سر! آف کورس سر! یس پلیز!" پانی میں چوار کی چھپاک چھپاک اسے عجیب سی لگ رہی تھی۔

"چھٹی پر مل لینا، ضروری کام ہے۔" آخری سائرن کچھ غیر مانوس تھا۔

"آل رائٹ سر!" اسے محسوس ہوا جیسے چوار ٹوٹ کر پانی میں گر پڑا ہو۔

گھڑیال نے آخری سانس لے کر آنکھیں موند لیں۔ اس کا وجود اب کسی خوابیدہ بچے کی طرح دکھنے لگا تھا۔ سانسوں میں وہ پہلی سی زہریلی پھنکار بھی نہیں تھی جس سے اس کا وجود بار بار پگھل جاتا تھا۔ اب تو وہاں شام کی نوزائیدہ کرن مسکرا رہی تھی جس کی نرم آنچ میں تیزی سے بکھرتے لمحوں کو چھو لینے کا پیغام تھا۔

اس نے بٹوہ اٹھا کر ہال میں قدم رکھا۔ بوسیدہ جسموں کا الاؤ بجھ چکا تھا پر نچلی پرت میں اب بھی کچھ چنگاریاں اکھڑی اکھڑی سانسیں لے رہی تھیں۔ بیمار راہداری لوہے بن میں ڈوبی ہوئی تھی، دروازے اور کھڑکیاں بھی محوِ حیرت تھیں۔

لفٹ پاتال میں گرتی چلی گئی۔ گراؤنڈ فلور پر باس کا مدقوق سایہ معلق تھا۔

کار سانسوں کے جنگل سے گذر رہی تھی۔ اسٹیرنگ وھیل سے آدم خور درخت چمٹا ہوا تھا۔ پاس ہی وہ بریدہ شاخ کی طرح خاموش پڑی تھی۔ جنگل اور بھی گھنا ہو کر دشوار گذار ہوتا چلا گیا۔ کہیں کہیں راستہ بالکل مخدوش ہو جاتا اور اس کی آنکھوں سے سیمابی لکیریں نکل کر ونڈ اسکرین پر شگاف ڈال دیتیں۔ ان لکیروں نے اس پر بھی کئی بار دراڑیں ڈالی تھیں۔ اس کے وجود کو ریزہ ریزہ کیا تھا۔

کار رزانٹر کانٹی نینٹل کے پارکنگ شیڈ میں دبک کر ہانپنے لگی۔ اگلے ہی لمحے گلاسٹڈ شوز زمین پر ٹکے اور بڑے پر وقار انداز میں لان کی اور بڑھ گئے۔ دو گھبرائی سنڈلوں نے غیر متوازی چال میں ان کا تعاقب کیا۔ سامنے کرسٹل ہال بانہیں پھیلائے کھڑا تھا جس میں دھنک کی لکیریں بکھر رہی تھیں۔

ریوالونگ فلور پر ان کا ریزرو کارڈ کب سے مصلوب تھا۔ وہ دونوں اپنی اپنی سیٹ میں جذب ہو گئے۔ میز پورے ہال میں تیرتی پھر رہی تھی۔

بیرے نے چمک دار کانٹے چھریاں میز پر سجا دیں۔ پھر اجلی اجلی پلیٹیں بھی آ گئیں۔ اس نے اپنی نظریں چھری کی دھار پر پھیریں۔ بیرا پھر سرنگوں ہوا اور چکن روسٹ کی پلیٹیں رنگین گلاسوں کے ساتھ رکھ دیئے۔ وہ صرف قطرہ قطرہ پانی حلق میں رکھ رہی تھی اور باس چیل کی طرح چکن پر ٹوٹ پڑا اور آن کی آن میں اپنے تیز پنجوں اور نوکیلی چونچ سے اسے ادھیڑ کر تکا بوٹی کر دیا۔ اس کی ریڑھ کی ہڈی میں ایک سرد لہر دوڑ گئی۔ باس کی آنکھوں میں نہ جانے کیا تھا کہ اس نے اپنی پلکیں گرا لیں۔

باس نے نچوڑی ہڈیوں کی پلیٹ ایک طرف کھسکا کر ارسٹریٹ وہسکی کی گردن ناپی۔ گلاس میں سیاہ ناگ پھن اٹھانے لگا۔ اس نے پہلی سپ لے کر زبان کھجلائی۔

"تم تو جانتی ہو، سیما اچھی بھلی سروس چھوڑ کر جا رہی ہے اور اس کی پوسٹ کے لئے ابھی سے تگڑم بازی شروع ہو گئی ہے۔ اوپر والوں کو میں اپنی رپورٹ میں جس کی بھی سفارش کر دوں گا قرعہ اسی کے نام کھلے گا۔ میں چاہتا ہوں یہ پوسٹ تمہیں ہی مل جائے کیوں کہ تم اس کی حقدار ہو اور تمہیں اس کی ضرورت بھی ہے۔"

اس کا دل اچھل کر حلق تک آ گیا۔ سیما کی پوسٹ اسے ملے گی اس کا اسے کبھی گمان بھی نہ ہوا تھا۔ چار سو سے نو سو کی چھلانگ۔ مسرت سے وہ بوکھلا گئی۔

"کیا سوچ رہی ہو؟" باس کی تناور انگلیاں آدھی میز طے کر کے اس کی کلائی کی اور بڑھیں۔

"کچھ بھی نہیں۔" اسے محسوس ہوا آدم خور شاخیں اس کی کلائی چوس رہی ہیں۔ اس نے ایک سعیِ لاحاصل کی اور سپر ڈال دیا۔

درخت سیڑھیاں چڑھ رہا تھا اور وہ اس کے پیچھے کھنچی جا رہی تھی۔ ہر پل دو پل کے بیچ وہ خود کو پوری قوت سے پیچھے ڈھکیلتی، مگر اگلا زینہ خود ہی آگے بڑھ کر اس کی باہیں تھام لیتا۔ کھردرے لمحوں کی سیڑھیاں اس کے تلوں سے کھسکتی جا رہی تھیں، کسی بھی کگار تک اس کا ہاتھ نہیں پہنچ رہا تھا۔ بے بسی کے اندھے شگاف میں وہ روپوش ہوتی جا رہی تھی۔

کمرے کی نیلی دیواریں اسے ٹکر ٹکر گھور رہی تھیں۔ اس کو وجود دائروں میں گھر کر نقطہ در نقطہ بکھرتا جارہا تھا۔ وہ درخت اب اس پر سایہ فگن تھا۔ ایک ایک کر کے اس کے پتے جھڑ رہے تھے۔ اچانک خاردار ڈالیاں ہوا میں بلند ہوئیں اور اسے اپنی جانب ہوا میں کھینچ لیا۔ اس نے اپنے اندر شیشوں کے چٹخنے کی آواز صاف سنی۔ شاخوں کی لپیٹ اور تنگ ہوتی چلی گئی۔ شریانوں میں لہریں ساکت ہو گئیں۔ اس کا ذہن دھند لکوں میں ڈبکیاں لینے لگا۔ آب دوز ہونے سے قبل اس نے محسوس کیا کہ شاخیں ڈھیلی پڑ رہی ہیں۔

دوبارہ جب وہ سطح پر ابھری تو وہ بالکل تنہا تھی۔ بن کا بن سنسان تھا۔ سایہ در سایہ اجاڑ کہیں بھی بالشت بھر ہریالی نہیں تھی۔ صرف چند زرد پتے صوفے پر پڑے سمٹ رہے تھے۔

دسمبر کا سورج ٹھٹھر رہا تھا۔ وہ عقیل کے ساتھ سوسائٹی میں لنچ لے رہی تھی۔ فرصت کی ایک دوپہر تھی۔ وہ ٹھیک وقت پر سوسائٹی پہنچ گئے تھے۔ آج نیو امپائر میں ENTER THE DRAGON کا پروگرام تھا۔

وہ سر نہوڑائے چاول کے دانوں سے کھیل رہی تھی اور عقیل چائنیز ڈشوں سے الجھ رہا تھا۔

کھانے کے بعد اس نے سگریٹ سلگائی اور بیرے سے چائے کے لئے کہہ دیا۔

"کیا بات ہے؟ آج کسی کی خاموشی کا ریکارڈ توڑنا ہے؟" کینواس پر عقیل کی شوخی تحریر لہرائی۔ اس نے اس کی اور آنکھوں کو اٹھایا۔ اس کی آنکھیں ہر قسم کی لکیروں سے عاری تھیں۔

"کہو تو پروگرام کینسل کر دیں؟" اس نے سگریٹ کا دوسرا کش لیا۔

"نہیں میں نے یہ تو نہیں کہا" اس نے مرغولوں کو پرے جھٹکا۔

"تب پھر تمہارے لبوں پر یہ سکوت کا ریشمی پردہ کیوں ہے؟" اس نے ایک کمند اور پھینکی۔

"یوں ہی، کوئی خاص بات نہیں۔" اس نے واہمے کے کوّے کو اڑانا چاہا۔
تو وہ عام بات ہی بتادو۔" کولو دوبارہ منڈیر پر جم گیا۔
"لوہ! تم تو پیچھے ہی لگ جاتے ہو، چلو اٹھو دیر ہو رہی ہے۔" اس نے خیمہ اکھاڑنا چاہا۔
"چائے تو پی لیں آ ہی رہی ہو گی۔" اس نے کیل پر آخری ضرب لگائی۔
کرسمس کی آمد آمد سی تھی، نیو مارکیٹ سانسوں کے سمندر میں ہچکولے کھا رہا تھا۔ وہ چلتے چلتے ایک کاؤنٹر پر رک گیا۔ ہینگرز پر ڈھیر ساری تتلیاں سرسرا رہی تھیں۔ اس نے ایک چٹکی سے پکڑی لور اسکی طرف بڑھا کر ٹرائل روم کی لور اشارہ کیا۔ انا کا پرندہ پھر پھڑ پھڑا یا مگر تتلی کی پھانس کافی تنگ تھی وہ پر پھیلا کر رہ گیا۔
جب وہ ٹرائل روم سے طلوع ہوئی تو اسکا جسم شفق سے بھیگا ہوا تھا۔ ایک پرانی شام اسکے ہاتھوں میں جھول رہی تھی جسے کاؤنٹر گرل نے فوراً ایک زنبیل میں ڈال دیا لور عقیل شفق کی انگلی تھام کر ساحل کی لور کھینچنے لگا۔
فلم شروع ہونے میں کچھ گھڑیاں باقی تھیں۔ ویسے بھی ENTER THE DRAGON انٹرویل کے بعد سے تھی۔ وہ نیو امپائر سے کچھ آگے بڑھ آئے تھے۔
"کیا فلم دیکھنا ضروری ہے؟" عقیل نے اسکی طرف دیکھا۔
"ضروری تو نہیں پر حرج بھی کیا ہے؟" وہ کیلے کے چھلکے سے بچی۔
"حرج ہے کیونکہ میں اس نمکین دوپہر کے منہ پر کالک ملنا نہیں چاہتا۔" اس نے سورج پر انگلی رکھی۔
"تب اسے کون سے خانے میں فٹ کریں؟" اس نے ایک مٹھی کرن ہوا میں اچھالی۔
"چلو آج تمھیں ممی سے ملوائیں" اس نے ٹکٹ پھاڑ کر بوٹوں سے مسل دیا۔
ٹرام ساوورن مارکیٹ کی طرف پھسل رہی تھی۔ سورج کچھ لور پیلا پڑ رہا تھا۔ اسکی یرقانی پچکاریاں ہانپ رہی تھیں۔ آوازوں کی رش میں کنڈکٹر نے راستہ کاٹا۔

"کوتھائے جابین آپی۔۔۔؟"

"دوئی بالی گنج۔" اس نے کمر دراسکہ لکیروں کی جال میں پھینک دیا۔

سانسوں کی بھیڑ چڑھتی جارہی تھی۔ اور اس ہجوم میں اسکی اپنی آواز کچل کر رہ گئی تھی۔ اس نے کھڑکی سے باہر ابر گریزاں پر نگاہ پھیرنی چاہی مگر وہ بھی فاصلے کی دلدل میں روپوش ہو چکا تھا۔ پہئیے پر چھائیوں کے بار سے کراہ رہے تھے۔ آخر منزل خود ہی ان پر رحم کھا گئی۔

وہ دونوں خود کو فٹ پاتھ پر گھسیٹ رہے تھے۔ ان کا جڑواں سایہ ان سے دو قدم آگے چل رہا تھا۔ سر پر سانٹے کی دھوپ مسلط تھی کبھی کبھی کوئی خمیدہ کمر پتہ شاخ سے رشتہ توڑ کر ان سے مل جاتا، ساتھ ہی کوئی بد قماش ہوا ان کے چہرے سے نبرد آزما ہو جاتی۔

وہ بنگلے کے گیٹ سے جا ٹکرائے۔ مالی ناریل کی جڑیں کھرچ رہا تھا۔ گھاس میلی میلی سی تھی۔ وہ سیڑھیوں سے چڑھ کر ڈرائنگ روم میں وارد ہوئے۔ ممی کا ہیولا کہیں بھی نظر نہیں آیا۔ وہ اسے اپنے کمرہ میں لایا۔

"تم بیٹھو، ممی شاید باہر ہیں، میں فون پر دیکھتا ہوں۔ وہ پردے میں تحلیل ہو چکا تھا۔

ایک۔۔۔۔۔۔دو۔۔۔۔۔۔تین۔۔۔۔۔چار۔۔۔۔۔پانچ۔۔۔۔۔

ان پانچ منٹوں میں اس نے پورے کمرے کو اپنی آنکھوں سے کھرچ ڈالا ہر شے مناسب جگہ پر اپنا حق ادا کر رہی تھی۔ ان اُس نے گلدان کے پھولوں کو چھیڑا۔ پھر ایک سیاہ پھول کھینچ کر اپنے بالوں سے کھیلنے لگی۔

عقیل جب دوبارہ کمرے میں لہرایا تو لڑکھڑا گیا۔ وہ بیڈ پر موجزن تھی۔ شفق کا ایک دھاگا بھی اس کے جسم پر نہیں تھا۔ اسنے اسکی آنکھوں میں اپنی نظریں چبھو دیں۔

"آؤ خواہ مخواہ دیر ہوتی۔" اس نے لفظوں کو بے لباس کیا۔

"اور ممی۔۔۔۔۔" وہ ممیایا۔

"لوہ! ایسے موقعوں پر ممی کا سر ے پر وجود نہیں ہوتا، میں جانتی ہوں" اس نے پنکھ تولے۔ وہ ڈوبتا لو بھرتا موجوں سے جاملا۔

سورج زخموں سے چور تھا۔ آسمان کے مغربی شانے پر اسکی لالی قطرہ قطرہ ٹپک رہی تھی۔

زمین زیرِ لب۔

فلک سرنگوں،

وہ بڑی دیر سے چورنگی کے فٹ پاتھ پر آویزاں تھی۔ صداؤں کا لامتناہی سلسلہ رواں تھا۔ بسیں آتیں مگر ناخن بھی رکھنا بھی دشوار تھا۔ وہ اس بات سے بے خبر تھی کہ سڑک کے اس پار سے ایک کتا اسے بڑی دیر سے چاٹنے جارہا تھا۔

سرد ہوتے لمحوں کے درمیان ایک بس نمودار ہوئی مگر وہ بھی دوسرے روٹ کی نکلی۔ اسکے ذہن میں زہر بھرتا جارہا تھا۔

اگلے ہی لمحہ کتے نے سڑک پر قدم رکھا اور وہ ادھر اودھر دیکھ کر بڑی احتیاط سے سڑک پار کر رہا تھا۔ وہ اب بھی اسکی اور سے بے نیاز تھی۔

کتا سڑک پار کر کے اسکے سامنے آکھڑا ہوا۔ اس نے نگاہ کا پتھر اٹھالیا۔ مگر وہ ڈرے بغیر اسکے اور قریب چلا آیا۔

"چلوگی؟"

وہ آہستگی سے بھونکا۔

"ہاں-----چلوں گی-----"

اور ساتھ ہی اس نے سارا زہر فٹ پاتھ پر اگل دیا۔ پھر کتے کی دم پکڑ کر اس فٹ پاتھ سے اس فٹ پاتھ پر پہنچ گئی۔

❖❖❖

واپسی

دروازہ پر دستک ہوئی۔ میں سمجھا ڈاکیہ ہوگا، دروازہ کھولنے پر کوئی اور تھا۔

سانولا رنگ، دلیاں گال مہاسوں سے لوبڑ کھابڑ، بائیں کنپٹی پر بڑا سا مسا، گلابی ٹی شرٹ اور جینز، دلیاں پاؤں کچھ سوجا ہوا۔

"جی فرمایئے؟"

جواب دینے کے بجائے اس نے مجھے ہٹا کر ایک خالی کمرے میں قبضہ جمالیا۔ میں اسکی دیدہ دلیری پر ابھی حیران بھی نہ ہو پایا تھا کہ میری بیوی آنگن میں نکل آئی۔

"کیا بات ہے" "کس سے باتیں کر رہے تھے؟"

"کسی سے نہیں۔" میں دم سادھے کھڑا رہا۔

بیوی عجیب نظروں سے مجھے دیکھتی ہوئی واپس چلی گئی۔ وہ اب کمرے میں اپنا بوریا بستر کھول رہا تھا، سامان کیا تھا بس کچھ کپڑے اور چند کتابیں۔

"آخر کون ہیں آپ اور اس طرح اندر کیوں چلے آئے؟" میں حد درجہ حیران تھا۔

اس کی پشت میری طرف تھی، بغیر مڑے ہی اس نے جواب دیا۔

"میرا یہاں ٹرانسفر ہو گیا ہے، بس سر چھپانے کی جگہ چاہئیے۔"

میں ابھی گومگو میں تھا کہ اس نے سگریٹ سلگاتے ہوئے کہا،

"اگر ایک پیالی چائے مل جائے؟"

نہ چاہتے ہوئے بھی میں نے اسے چائے لا کر دی۔

"صرف چائے، بسکٹ سے چائے کا مزہ جاتا رہتا ہے" اس نے پیالی لوٹا دی، کون سا اخبار لیتے ہیں آپ؟"

"ٹیلی گراف" بے ساختہ میرے منہ سے نکل گیا۔
"کل سے اسٹینٹس مین کے لئے کہہ دیں"۔
میں اپنے کمرے میں آکر بیٹھ گیا، بیٹھے بٹھائے کون سی بلا سر آن پڑی۔، میں ابھی اسی ادھیڑ بن میں تھا کہ کچھ آہٹ سی ہوئی۔
"ذرا نہالوں۔"
میں نے کمرے سے نکل کر دیکھا، وہ سامنے واش بیسن پر جھکا دانت مانجھ رہا تھا، پھر برش وہیں چھوڑ کر باتھ روم کی طرف بڑھ گیا جیسے سب کچھ پہلے سے جانا سنا ہو۔
مجھے کچھ کرنا چاہئے۔۔۔ محلے والے۔۔۔ نہیں؟ کیا آج بھی آفس نہیں جانا؟" بیوی مجھے سوالیہ نگاہوں سے تک رہی تھی۔ "میں سوچ رہا ہوں کہ"
"یہ سارا سوچنے کا کام آپ مجھ پر چھوڑ دیں" اس کے لہجے میں طنز تھا۔
"کمال کرتی ہو تم، کیا ہم گھر سے بے گھر ہو جائیں؟" میرے منہ سے بے ساختہ نکل گیا۔
"بے گھر تو نہیں کنگال ضرور ہو جائیں گے۔"
"کیا مطلب ہے تمہارا؟"
"پتہ ہے، اس ماہ پورے پندرہ دن آپ کا آفس ناغہ ہوا ہے۔"
میں بوکھلا گیا، یعنی اس ماہ بھی پندرہ دنوں کی تنخواہ کٹے گی؟ سال بھر کی چھٹیاں پہلے ہی ختم ہو چکی تھیں، یہ مجھے کیا ہوتا جارہا ہے؟ لاتعلقی اور بے حسی میرے دل و دماغ میں گھر کرتی جارہی ہے، سب کچھ خالی خالی سا لگتا ہے۔
باتھ روم کا دروازہ کھٹاک سے کھلا اور میری سوچ کا سلسلہ منقطع ہو گیا، وہ سامنے سے گذرا۔ اس کے بھیگے سلیپر کے نشان اب بھی پردے کے نیچے سے صاف نظر آرہے تھے۔ میں فوراً اٹھ کر کمرے سے باہر آیا، آنگن میں گیلا تولیہ تار سے جھول رہا تھا۔
"اگر ایک کپ چائے مل جائے تو!" اس کی آواز آئی،

میں نے کوئی نوٹس نہیں لیا۔

گھنٹہ بھر بعد میں نے خود کو آفس کے لئے تیار کر لیا، رومال، پرس، گھڑی اور سن گلاس دوبارہ دیکھے۔ سب ٹھیک ٹھاک تھے لیکن سائیکل اپنی جگہ نہیں تھی۔ میرا دل دھک سے ہو گیا۔ جب آٹھویں میں پڑھتا تھا تب کی سائیکل تھی، صرف ڈیڑھ سو کی، ابا نے بہت کہا کہ اسکوٹر لے لوں مگر اس سے وابستہ پرانی یادیں۔۔۔۔ آج صبح سے کیا ہو رہا ہے، میں مزید سوچ کر آفس لیٹ نہیں ہونا چاہتا تھا۔

آفس میں سب کچھ نارمل تھا۔ سب سے اسی طرح باتیں ہوئیں جیسے اکثر ہوتیں۔ شاید وہ میرے جب تب کے ناغہ کے عادی ہو گئے تھے۔ ٹیبل پر ساری چیزیں ٹھیک ٹھاک تھیں۔ فائلیں اپ ٹو ڈیٹ، کوئی نیا کام بھی نہیں آیا تھا۔ میں ابھی اپنی چیئر میں بیٹھ بھی نہیں پایا تھا کہ مجد ار آدھمکا۔

"یار چائے منگواؤ، تمہاری چائے پئے کافی دن ہو گئے۔"

"ضرور" میں اس کی آئے دن کی فرمائش سے تنگ تھا، لیکن اوپری دل سے نکالا۔

"تم نے گولڈن ہینڈ شیک کی بابت کیا فیصلہ کیا ہے؟"

"ابھی تک معاملہ گومگو میں ہے، کسی Ë پر نہیں پہنچ پا رہا ہوں۔"

میری مانو تو اسے فی الحال التوا میں ڈال دو۔"

چائے پیتے ہوئے میں نے سوچا، صبح والی بات مجد لر سے چھیڑوں مگر اس نے کچھ اور سوچ لیا تو۔؟

"کیا بات ہے یہ بار بار گھڑی کی طرف کیوں دیکھ رہے ہو؟ کیا کسی کا انتظار ہے؟"

"نہیں کچھ نہیں، سوچتا ہوں تمہیں بتاؤں کہ نہیں؟"

"کیا؟"

"آج صبح سے میرے گھر میں کوئی آیا ہے، وہ بھی زبردستی نہ جان نہ پہچان،"

"کیا کہہ رہے ہو، فوراً ٹیلی فون کرو، اب تک وہ قتل کر کے پورا گھر صاف کر چکا

ہوگا۔"

میں بوکھلا کر کھڑا ہو گیا۔

"تمہیں پتہ نہیں آج کل ایسی وارداتیں اکثر ہو رہی ہیں، اخبار نہیں دیکھتے؟"

بھار مجھے سوالیہ نگاہوں سے گھور رہا تھا۔

اس کے جانے کے بعد ٹیلی فون؟ آخر پڑوسی کیا سوچیں گے؟

لنچ کے وقفے میں میں آفس سے باہر آگیا، فٹ پاتھ پر فاسٹ فوڈ اسٹالوں کے سامنے لمبی قطار تھی۔ مجھے بھوک نہیں تھی اس لئے آگے بڑھتا گیا پھر یوں ہی ایک بک اسٹال پر رک گیا، کتابوں اور رسالوں کی بھرمار تھی، زیادہ تر رسالوں کے سرورق پر نیم برہنہ تصویریں تھیں۔

اچانک ایک جانی پہچانی آواز نے مجھے چونکا دیا۔

پاس ہی نیلو The God of small Things خرید رہی تھی۔

"ارے تم!" بے اختیار میرے منہ سے نکلا۔

"لو! یہ تم ہو!" اس کی آنکھیں آج بھی روشن تھیں۔

"اب کون سی جاب کر رہی ہو؟" میں نے مذاقاً کہا، مجھ میں تھوڑی سی تازگی لوٹ آئی تھی۔

"ایک سافٹ ویئر کمپنی میں ہوں اور دو سال کی ٹریننگ لے کر لوٹی ہوں۔"

"آؤ کہیں بیٹھتے ہیں، تم نے لنچ لیا یا نہیں؟"

"ابھی نہیں اور نہ ایسا کوئی ارادہ ہے۔"

"یہ کیا بات ہوئی؟"

"پہلے فلم پھر لنچ، چنانچہ آفس کینسل" اس کی آنکھوں میں شرارت تھی۔

وہ اب بھی نہیں بدلی تھی، وہی سیمابی فطرت، مزاح کی مورت، ذہانت کی علامت، لائف اسٹائل بالکل مختلف لیونگ ٹوگیدر کی حامی، ہم نے تین سال ایک ہی فلیٹ میں گذارے مگر شادی سے متعلق اس کی رائے نہیں بدلی۔

سامنے تھیٹر میں Basic Instinct چل رہی تھی، ہم لوگ ہال میں جا بیٹھے۔ تھیٹر میں رش نہیں تھا، فلم بھی دونوں کی دیکھی ہوئی تھی، اس لئے اندھیرے میں ہم دونوں کی آوازیں چہک رہی تھیں۔

اس نے بتایا وہ اب بھی تنہا ہے اور اپنی مرضی سے جی رہی ہے بغیر کسی سمجھوتے کے۔ فلم کے سین کی طرح صبح والا واقعہ پھر میرے ذہن میں تازہ ہو گیا، پتہ نہیں وہ کیا کر رہا ہو گا یا کیا کر چکا ہو گا، میرے اندر وحشت کا ناگ پھن اٹھانے لگا، کئی بار دل چاہا اٹھ کر گھر کی طرف بھاگوں۔۔۔

"میں صبح سے پریشان ہوں، پتہ نہیں کون میرے گھر میں زبردستی گھس آیا۔" میں نے شارن اسٹون کی طرف دیکھتے ہوئے اس سے کہا۔

وہ ہنس پڑی "اس میں پریشانی کی کون سی بات ہے، کیا میں تمہاری زندگی میں زبردستی نہیں ہوں" "کیا تم نے اپنے آپ سے مجھے نکال پھینکا ہے؟ پہلے تو ہر سانس کے ساتھ تمہارے ساتھ تھی بلکہ اکثر راتوں میں تم نے مجھے محسوس کیا ہے۔"

ہال میں روشنی ہو جانے پر پتہ چلا کہ فلم ختم ہو چکی، تھیٹر کے باہر ٹیکسی مل گئی، کہیں ٹریفک جام نہ تھا اس لئے ٹیکسی کی رفتار خاصی تھی، ایک جگہ اس نے ٹیکسی رکوا کر کچھ چیزیں خریدیں، اس کے نئے پتے کا مجھے علم نہ تھا، چنانچہ میں بالکل صم و بکم بیٹھا تھا، آدھ گھنٹہ بعد ٹیکسی رکی، اس نے پچاس کا نوٹ ڈرائیور کی طرف بڑھا دیا، اس سے پہلے کہ ڈرائیور بقیہ پیسے لوٹائے وہ مجھے لے کر سامنے والی بلڈنگ کی طرف بڑھ گئی، چوتھی منزل پر لفٹ رکی، اس نے اپنے پرس سے فلیٹ کی کنجی نکال کر دروازہ کھولا اور مجھے صوفے پر بٹھا کر خود کچن میں چلی گئی۔

اکیلے میں پھر مجھے گھر کی یاد آئی، کیا کروں کیا نہ کروں، کچھ فیصلہ نہیں کر پا رہا تھا، عجیب عجیب سے تصور میرے ذہن میں ابھر رہے تھے۔ خود کو بہلانے کے لئے آس پاس کا جائزہ لیا، پورا فلیٹ قرینے سے سجا ہوا تھا، خوبصورت ڈرائنگ روم، بک شیلف، کمپیوٹر، میوزک سسٹم، سی ڈی، کیا کیا کچھ۔

"بور تو نہیں ہو گئے، چلو لنچ تیار ہے" نیلو نے اسی درمیان کپڑے بدل بھی لئے تھے۔ وہ دن میں کئی بار نہاتی اور ہر بار کپڑے بدلتی۔ اس کی یہ عادت اب بھی نہیں گئی تھی۔

لنچ ٹیبل پر خاصا اہتمام تھا، اس نے فاسٹ فوڈ کے ساتھ ایک آدھ چیز اپنے ہاتھوں سے تیار کرلی تھی۔ پھل بھی سلیقے سے سجے ہوئے تھے۔

کھانے کے بعد میں اس کے بستر پر لیٹ گیا، مجھے قیلولہ کی عادت تھی، کچھ دیر بعد وہ میرے پاس آکر لیٹ گئی، میرا ہاتھ اس کے ہاتھ میں تھا، وہ کچھ کہے جا رہی تھی مگر میرا ذہن کہیں اور تھا، دھیرے دھیرے خود بخود ہاتھ کی گرفت مضبوط ہوتی گئی پھر مجھے کچھ یاد نہ رہا۔

آنکھ کھلی تو شام ہونے کو تھی، سورج کی زرد کرنوں سے کمرہ کچھ کچھ روشن تھا، میں نے قریب پڑے تولیئے کو اپنی کمر کے گرد لپیٹ لیا، اچانک میری نگاہ اس کی ڈریسنگ ٹیبل پر پڑی قدِ آدم آئینہ پر سرخ لپ اسٹک سے بڑے بڑے حرفوں میں لکھا تھا،

ویل کم ٹو ایڈس کلب

Welcome to Aids Club

میں پسینے میں نہا گیا، کچھ سوچنے سمجھنے کی صلاحیت سلب ہو چکی تھی۔ میں تیزی سے اٹھا اور اسے ڈھونڈنے لگا۔

وہ کچن یا کسی کمرے میں نہیں ملی۔ بس ایک باتھ روم بچ گیا تھا، میں اندھادھند اس میں گھس گیا، وہ شاور میں تھی، مجھ پر نظر پڑتے ہی وہ مسکرادی، لیکن میری آنکھوں میں خون اتر رہا تھا۔ میں اس کی طرف بڑھا ہی تھا کہ اس نے ہاتھ کے اشارے سے مجھے روک دیا۔

"وہ کیا ہے؟" میں چیخا "آئینے میں کیا ہے؟"

وہ کھل کھلا کر ہنس پڑی، "تم آج بھی نرے بدھو ہو۔"

"کیا مطلب؟"

"ارے ڈفر! آئینہ تو آئینہ ہے، اس کے پاس زبان کہاں۔"

اس سے پہلے کہ میں کچھ کہتا اس نے مجھے شاور کے نیچے کھینچ لیا۔

میں گھر پہنچا، دروازہ بھڑا ہوا تھا، سائیکل اپنی جگہ پر تھی۔

وہ چٹائی پر لیٹا کچھ پڑھ رہا تھا، فرش پر سگریٹ کے ٹکڑے بکھرے ہوئے تھے، میری آمد سے اس کے انہماک پر کوئی اثر نہیں پڑا۔ سفید تہبند میں ننگے بدن وہ عجیب سا نظر آرہا تھا۔ میں نے چاہا کہ بڑھ کر آج کا اخبار اٹھالوں مگر وہ میری طرف متوجہ ہو جاتا۔

میں آنگن سے گذر کر اپنے کمرے میں آگیا، ہر طرف سگریٹ کی بو پھیلی ہوئی تھی۔

"آپ کب آئے!" میری بیوی نئی ساڑی میں خوب کھل رہی تھی۔

"یہ ساڑی کہاں سے آئی؟" میں نے چڑھ کر پوچھا۔

"کمال کرتے ہیں۔ ابھی پچھلے دنوں تو آپ نے لاکر دی تھی۔"

"وہ ابھی تک گیا نہیں؟"

"کون نہیں گیا!"

"اوہ! کچھ نہیں، جاؤ چائے لاؤ" میں نے بات بدل دی۔

وہ الٹے پاؤں لوٹ گئی۔ میں جوتے اتار کر لیٹ گیا، بستر سے بھی سگریٹ کی بو آئی۔

چائے پی کر میں نے کپڑے بدلے۔ میری تھکن مٹ چکی تھی لیکن کہیں ایک چبھن اب بھی باقی تھی، میری آنکھیں بند تھیں، پتہ نہیں وہ کب میرے سرہانے آکر بیٹھ گئی۔

طبیعت تو ٹھیک ہے نا" اس نے میری پیشانی کو چھوا۔

"مجھے کیا ہوا۔؟"

"آج کل آپ سوچتے بہت ہیں، نیند میں بھی کچھ بڑبڑاتے ہیں۔"

"پہلے کی طرح ہنسنا بولنا بھی بند، پتہ نہیں ہر وقت کہاں کھوئے رہتے ہیں؟"
"صبح آپ نے سائیکل نہیں لی، پیدل ہی نکل گئے۔"
"دوپہر کو دفتر سے فون آیا تھا، کیا آج بھی آفس نہیں گئے؟"
"یہ آپ کے پاؤں کی کیا حالت ہو رہی ہے۔ کسی اچھے ڈاکٹر کو دکھلاتے کیوں نہیں؟"
میری خاموشی بدستور قائم تھی۔
"کم از کم بچوں کا تو کچھ خیال کیجئے!"
اچانک مجھ میں کہاں سے طاقت آگئی۔ میں ایک جھٹکے سے اٹھا اور باہر کمرے کی طرف لپکا۔ وہ اب بھی چٹائی پر لیٹا سگریٹ کے مرغولے چھوڑ رہا تھا۔
میں نے اسے گردن سے پکڑ کر اٹھادیا۔ اس سے پہلے کہ وہ کوئی مزاحمت کرے میں نے پوری طاقت سے اسے باہر دھکا دیا اور زور سے دروازہ بند کر دیا۔

❖❖❖

موہن دھیبر

ہوا چھت سے سیڑھیاں اتر کر سرہانے کی کھڑکی سے اندر آرہی تھی۔ باہر سب کچھ آدھا ادھورا سا تھا۔ امرود کی شاخیں، میگھلا آکاش اور گیلا گیلا سا چاند۔

کھڑکی کے باہر امرود کے پتوں پر بارش کے قطرے ہیرے کی کنی کی طرح جھل مل جھل مل کر رہے تھے۔ پچھلے کئی دنوں کی بارش نے انہیں اُجال دیا تھا۔ بچے سارا دن کچے پکے پھلوں سے اُلجھے رہتے۔ کبھی کبھی ایک آدھ میری طرف بھی اچھال دیتے۔ باہر سے ہرا اور اندر سے لال لال۔ بچپن میں امرود کے پتوں کو پان کی طرح چباتا تو پورا منہ کسیلا ہو جاتا۔ اس کی ہری ہری پیک ہونٹوں کے گوشے سے بہہ نکلتی۔ سرما کے ختم ہوتے ہی اس کے پتے پورے آنگن میں بکھر جاتے۔ ہوا ان خشک پتوں کو ادھر سے اُدھر بہارتی رہتی۔ میں انہیں بٹور کر کچرے کے ڈبے میں ڈال آتا لیکن دوسرے دن آنگن پھر زرد پتوں سے بھر جاتا۔

وہ نیم کی پھنگی جو بچپن سے مجھے نہارتی تھی، دھند لکے میں کہیں گم ہو چکی تھی، لیکن مجھے ایسا لگتا ہے جیسے وہ میرے ذہن کے کسی گوشے میں اب بھی سانس لے رہی ہے۔ سارا سارا دن رُت رُت کی دھوپ اس پر بیٹھا کرتی۔ اب دن کے اجالے میں ادھر دیکھتا تو میری نظر بجلی کے ننگے تاروں سے اُلجھ کر دم توڑ دیتی۔

مجھے نیند نہیں آرہی تھی، میں نے لائیٹ آن کر کے سامنے پڑی کتاب اٹھالی۔ ورق گردانی کرتے ہوئے میری نظر THOMAS GRAY کے مرثیے ELEGY WRITTEN IN A COUNTRY CHURCH YARD پر جم گئی۔ میں جب بھی اسے پڑھتا ایک جہان دیگر میں پہنچ جاتا۔ اسے پڑھنے کے بعد میری نیند اور بھی مجھ سے دور ہو گئی، میں نے کتاب رکھ دی۔ میرے ذہن نے پیچھے بہت پیچھے کی طرف لوٹنا

شروع کیا۔

مجھے یاد آیا وہ لوٹ پٹانگ کتابیں پڑھنے کا موسم تھا۔ صبح کی نرم دھوپ نیم کی پھنگی پر بیٹھی ہوئی تھی۔ آنگن میں موہن دھیمر ابا سے باتیں کر رہا تھا۔ وہ اکثر ہمارے ہاں آیا جایا کرتا۔ ناک نقشہ بھی موہنا سا۔ سیاہ چمک دار رنگ، چھریرا اونچا قد، تیز مگر قدرے باریک آواز، نیلی قمیض اور پرانی دھوتی، منہ میں پان، ہنستا تو اپنے بے ترتیب دانتوں کے ساتھ اور بھی پیارا لگتا۔

اس دن اسکول جاتے ہوئے میں دھیمر پاڑا سے گذرا۔ ایک بجے سجائے پنڈال کے نیچے رنگ برنگ کپڑوں میں بچے چہک رہے تھے اور بوڑھے خوش گپیوں میں مگن۔ جگر جگر پوشاک میں عورتیں گنگا پوجا کی تیاری میں مشغول تھیں۔ میری نظر موہن دھیمر پر پڑی۔ اس کا چہرہ خوشی سے دمک رہا تھا۔

بچپن میں ہر صبح میں بھاگ کر پاس کے تالاب پر پہنچ جاتا جہاں وہ پہلے سے موجود ہوتا۔ ان دنوں تالاب کے ٹھہرے ٹھہرے مبہوت پانی میں شالوک کے سفید اور گلابی پھول مسکراتے تھے۔ تالاب چاروں طرف سے فالسہ، ناریل، آم، جامن، بیل، گولر، املتاس، کے پیڑوں اور ناگ پھنی، سندھامنی کے پودوں سے گھرا ہوا تھا۔ ایک طرف چکوڑے کے پتوں سے بھرا چھوٹا سا میدان جس میں اُگی ہوئی نرم نرم گھاس پر زور سے پاؤں مارتا تو کیچ سے انگلیوں میں پھنس جاتی اور عجیب سی گدگدی بھری لذت کا احساس ہوتا۔ آس پاس بجی سجائی تتلیاں ادھر اُدھر اڑتی پھرتیں۔

پاس ہی ایک پختہ گھاٹ جس کی سیڑھیوں کی دونوں جانب پانچل تھی۔ ساون بھادوں میں گھاٹ کی نچلی سیڑھیاں اور پانچل کے اگلے سرے پانی میں ڈوب جاتے جن پر کائی بیٹھ جانے سے پھسلن ہوتی۔ دن بھر لڑکے پانچل کی ڈھلان پر دوڑتے ہوئے پانی میں چھلانگ مارتے۔ کوئی قلابازی کھاتا تو کوئی سر کے بل کودتا، کوئی پھسل کر پانی میں گر پڑتا تو اس کی پسلی اور رانیں چھل جاتیں۔ اکثر عورتیں گھاٹ پر کپڑے دھوتے ہوئے کہتیں کہ بیچ تالاب کے تل میں سونے کے کھٹولے پر ناگ ناگن کا ایک جوڑا رہتا ہے۔

میں جب بھی تیرتا ہوا بیچ میں پہنچتا تو مجھ پر خوف طاری ہو جاتا۔ میری سانس اٹکنے لگتی۔

ان دنوں مجھے بیڑی پینے کی لت پڑ گئی تھی۔ اکثر ابا کی بیڑی کے بنڈل سے بیڑیاں چرالیا کرتا۔ سلیمہ جو میرے ساتھ رہنا زیادہ پسند کرتی خوب بیڑی پیتی تھی۔ ہم دونوں کئی کئی بار تالاب میں نہاتے۔ سہ پہر کو تالاب وعموماً خالی رہتا۔ تیرتے وقت وہ اپنے لمبے بالوں کا جوڑا پیشانی پر اس طرح باندھ لیتی جیسے ریلوے انجن کی ہیڈ لائیٹ۔ ایک بار منہ سے بھک بھک دھواں نکالتی ہوئی اس نے کچھ اس انداز سے مجھے تالاب پر چلنے کو کہا کہ میں فوراً راضی ہو گیا۔ ساتھ ہی میرا سارا بدن سنسنا اُٹھا۔ شائد ایسا پہلی بار ہوا تھا۔ اپنی اس کیفیت کا اظہار کرتے کرتے میں شرما کر رہ گیا تھا۔ اس نے بہت ضد کی مگر میں بات پوری نہ کر سکا اور اپنے تپتے بدن کو پانی کے حوالے کر دیا۔

اس دن بھی موہن دھیمر مجھ سے پہلے تالاب پر موجود تھا۔ ہوا بھری لاری کی ٹیوب، اس پر بچھا لکڑی کا تختہ، وہ درمیان میں کھڑا اپنے جال کو کندھے کے گرد پوری قوت سے کئی بار گھما کر تالاب میں پھینکتا تو جال دھیرے دھیرے پانی میں بیٹھ جاتا۔ وہ تختے پر رکھے بانس کو گاڑ کر اس سے ٹیک لگائے کچھ دیر کھڑا رہتا پھر جال کی رسی کو جھٹکے دے دے کر کھینچتا جاتا۔ دھیرے دھیرے پورا جال سمٹ کر اس کے قدموں میں آ جاتا۔ وہ جھک کر جال کی تہہ پلٹتا جاتا اور مچھلیوں کو ایک ایک کر کے صراحی نما بانس کی ٹوکری میں ڈالتا اور چھوٹی چھوٹی مچھلیوں کو پانی میں پھینکتا جاتا۔ اس کے جال میں سوکھی ڈالیاں اور ٹن کے ٹکڑے بھی آ جاتے جنہیں وہ دور اچھال دیتا۔ پھر وہ پانی میں ساکت کھڑے بھیلے کو بانس کے سہارے کھیتا ہوا کنارے پر لے آتا۔ اسے مچھلیاں دہیں ملتیں۔ یہ سلسلہ کافی دیر تک چلتا رہتا۔

بانس سے ٹیک لگا کر اس کا جال کھینچنا مجھے بہت اچھا لگتا۔ کسی دن زیادہ مچھلیاں ہاتھ آتیں تو وہ ایک آدھ میرے حوالے کر دیتا۔ مچھلی اتنی لس دار اور چکنی ہوتی کہ میرے ہاتھوں سے پھسل پھسل جاتی اور زمین پر گر کر تڑپنے لگتی، اس کا منہ ہپ ہپ

کرتا میں اسے مشکل سے قابو میں کرپاتا۔

ایک سال اتنی بارش ہوئی کہ سارا تالاب لبالب بھر گیا۔ اس سے پہلے کہ پانی آس پاس کے گھروں میں داخل ہو اس نے عرصے سے بند پڑے نالے کی مٹی کاٹ کر اُسے تالاب سے ملادیا۔ رات بھر میں نہ جانے کتنی مچھلیاں اس نالے سے بہہ گئیں۔

ایک طرف یہ آفت ناگہانی دوسری طرف اُسے تالاب کے مالک کو بھی خوش رکھنا پڑتا۔ تہوار یا خاص خاص موقع پر اس کے گھر مچھلی پہنچانی پڑتی۔ اور دگرد کچھ ایسے بھی مہربان تھے جو راتوں کو ٹنگھی یا جال کے پھندے پھینک کر اس کی مچھلیاں چرا لیتے۔ اس کے لئے اُسے راتوں کو چکر لگانے پڑتے۔ یہ ساری باتیں وہ ابا کو بتایا کرتا۔

اس دن تالاب کے کنارے کافی بھیڑ تھی۔ محلے کے ایک مستان نے اُسے بری طرح پیٹ دیا تھا۔ اس کی کھالوئی میں مچھلی کم تھی تو کیا ہوا اس نے مچھلی دینے سے انکار کیوں کیا تھا۔ اس دن وہ ہمارے گھر آیا تو اس کے سر پر پٹی بندھی ہوئی تھی۔

دوسرے دن ایک اور مصیبت، تالاب کی ساری مچھلیاں مر کر سطح پر پھیل گئی تھیں۔ شائد کسی نے تالاب کے پانی میں "فولی ڈول" (FOLIDOL) ملا دیا تھا۔ اس دن چیل کووں کی بن آئی تھی۔

کبھی کبھی آسمانی عتاب بھی اس پر نازل ہوتا۔ شہر کے بیشتر حصے کوئلے کی کانوں کی وجہ سے کھوکھلے تھے ایک دن تالاب کی زمین سرک جانے سے سارا پانی اندر چلا گیا۔ پورا شہر تالاب کو دیکھنے امنڈ پڑا تھا۔ مجھے یقین نہیں آرہا تھا کہ یہ وہی تالاب ہے جس کے کنارے میں دائیں طرف جھک کر زور سے ٹھیکری پھینکتا تو دور تک سطح پر وہ پھسلتی چلی جاتی۔

ساعتوں کے احاطے میں ماہ و سال کی گرد اڑتی رہی، موسم بدلتے رہے۔ اب ان پیڑوں کی جگہ پختہ مکان تھے میدان کی ساری ہریالی ریت اور سیمنٹ کی چادر سے ڈھک گئی تھی۔ وہ تالاب بھی سمٹ کر کچوری پانا کے پتوں میں پوری طرح چھپ گیا تھا۔

اس دن آفس میں بیٹھا کسی کام میں الجھا ہوا تھا کہ اردلی نے مجھے اطلاع دی کہ

کوئی ملنا چاہتا ہے۔ میں نے اُسے اندر بھیج دینے کو کہا۔

"نمسکار بابو" موہن دو ھیمر میرے سامنے تھا۔

میں نے اسے بیٹھنے کو کہا تو وہ فرش پر بیٹھ گیا۔ میں نے اٹھ کر اسے کرسی پر بٹھایا اور اس کے لئے چائے منگوائی۔ عرصہ بعد ملاقات ہوئی تھی۔ حال چال معلوم کرنے کے بعد میں نے اس سے پوچھا۔

"کیا کوئی کام ہے؟"

اس نے کارخانے کے باہر بیکار پڑے تالاب کو لیز (LEASE) پر لینے کی خواہش ظاہر کی، جس میں وہ مچھلی کی کاشت کرنا چاہتا تھا۔ اس تالاب سے پمپ کے ذریعہ کارکانے میں پانی آتا تھا۔ ساتھ ہی دوسری طرف اودھر اُدھر سے نالوں کے ذریعہ اس میں ڈھیر سارا پانی جمع ہوتا رہتا۔

میری کوششوں سے وہ تالاب دو سال کے لئے اُسے لیز (LEASE) پر مل گیا۔

اس پر بڑھاپے کے آثار نمایاں تھے۔ گٹھیا کی وجہ سے اس کی چال میں لچک سی آ گئی تھی۔ اس کے لڑکے بھی اس کے دھندے سے جڑ گئے تھے۔ چھوٹا لڑکا مچھلی لے کر ہاٹ میں بیٹھا کرتا۔

ایک شام گھر پہنچا تو بیوی نے کہا کہ کوئی آدمی مچھلی دے گیا ہے۔ بار بار کہنے پر بھی اس نے پیسے نہیں لئے، میری سمجھ میں سب کچھ آ گیا۔ مجھے اس کی یہ حرکت اچھی نہیں لگی۔

اگلے اتوار کی صبح وہ میرے گھر آیا تو میں نے اُسے تنبیہ کی تو اس نے مجھ سے کہا۔

"بابو! آپ کا بابا بھی اسی کارخانے میں تھا جہاں آپ چاکری کرتا ہے۔ وہ مانس نہیں تھا بابو، دیوتا تھا دیوتا، ہمار اوپر کیا کیا اُپکار کیا تھا وہ ہم بولنے نہیں سکتا، سارا جیون اسے بھولنے نہیں سکتا"

اس کی آنکھیں بھیگ گئی تھیں۔ میں ایک کرب ناک خموشی کی دلدل میں دھنستا چلا گیا۔

چند دنوں بعد اس کی لڑکی کی شادی ہوئی، میں اپنی بیوی کے ساتھ اس میں شریک ہوا تو وہ خوشی سے نہال ہو گیا۔ اس نے ہماری خوب خاطر کی۔

دن بدلتے گئے۔ اب وہ بہت کم ہمارے ہاں آتا جاتا۔ رستے میں بھی کہیں دکھائی نہیں پڑتا۔

ایک دن اچانک صبح صبح اس کے لڑکے نے آکر میرے دل پر ایک ضرب لگائی۔ میرے اندر کہیں کچھ ٹوٹ سا گیا۔ مجھے یوں لگا کہ پوری قوت سے گھما کر پھینکا ہوا جال، صراحی نما ٹوکری، ہپ ہپ کرتی مچھلیاں، تالاب اور پیڑ پودوں کے ساتھ وہ نیم کی پھنگی پر بیٹھی ہوئی صبح کی نرم دھوپ مر گئی ہے۔

❖❖❖

سوراخ

پچھلی رات سے وہ بے چین تھا! مگر بے چین کیوں تھا، کلب میں وہ رات گئے تک تاش کھیلتا رہا، ہر بار اپنے حصے کے ایکس پتے اٹھاتا تو تین رن لگ کر آتے۔ ایک ہی عدد اور رنگ کے تین کارڈ، چوائس کارڈ بھی اس کے حصے میں آتے، کبھی کبھی وہ گراؤنڈ شو بھی کرتا، کارڈ کھینچ کر اس نے کئی بار میرج بھی بنائی۔ اسے لگ رہا تھا پچھلے کئی دنوں کی ہار کے بعد آج سود سمیت جیت واپس مل جائے گی۔ بظاہر وہ اطمینان سے کھیل رہا تھا مگر اندر ہی اندر ایک بے قراری ناگن کی طرح اس کے گرد اپنا گھیرا تنگ کئے جا رہی تھی۔

جب وہ کلب سے نکلا تو رات کے گیارہ بج رہے تھے، سردی بڑھتی جا رہی تھی، اس کے ہاتھ اسکوٹر کے ہینڈل پر جم گئے تھے۔ وہ سوچ رہا تھا کہ پوسٹ آفس کے سامنے والی دکان بند نہ ہو جائے۔ اس نے دکان تک پہنچ کر اسکوٹر اسٹینڈ کیا۔ دکان دار تالا بند کر رہا تھا۔ اس کی طلب پر اس نے پریمیم وہسکی کی ایک بوتل اسے دے دی۔

گھر پہنچ کر کسی کو جگانا اسے مناسب نہیں لگا۔ لباس تبدیل کر کے اس نے ٹی وی آن کیا۔ گلاس اور کچھ مکسچر لے کر بیٹھ گیا۔ اس کی بے چینی بدستور قائم تھی۔ اس نے اس درمیان کئی سگریٹ پھونک ڈالے۔ پہلے تو ایسا کبھی نہیں ہوا تھا۔ کیا کچھ ہونے والا ہے یا کہیں کچھ ہو چکا ہے؟ وہ درمیانی سرے کی تلاش میں تھا۔

اس نے ایک اور پیگ بنایا، چسکی لے کر اس نے گلاس سینٹر ٹیبل پر رکھ دیا۔ سگریٹ سلگا کر اس نے دن بھر کے حالات پر نظر ڈالی۔ کوئی انہونی بات نہیں ہوئی تھی، وہ کویتا کے گھر بھی گیا تھا، اگر وہ ایک دو ہفتے اس کے ہاں نہ جاتا تو اس کا منہ پھول جاتا۔ ویسے وہ آج بھی اینٹھی ہوئی تھی۔ اس کا شوہر دو تین دن کے لئے باہر گیا ہوا تھا۔

وہ خوابوں کے پرستان میں سیر کرنے والی عورت تھی۔ وہ بے رحم حقائق کے پتھروں سے چکنا چور تھی۔ اسی لئے اس نے اس کی ذات میں پناہ ڈھونڈلی۔ دونوں گھنٹہ بھر بستر کی شکن گنتے رہے۔

دن تو بیت گیا۔ رات بھی آدھی گذر چکی تھی۔ اس نے کھانے کا ارادہ ترک کردیا۔ وہ پیگ پر پیگ چڑھاتا چلا گیا۔ نیلو دوسرے کمرے میں بچوں کے ساتھ سوئی ہوئی تھی۔ اس نے نیا پیکٹ کھول کر سگریٹ ہونٹوں سے لگایا اور اندر تک کش کھینچ کر اسے ایش ٹرے میں رکھ دیا۔

شروع شروع میں بہت ضد کرنے پر نیلو ایک آدھ پیگ تک اس کا ساتھ دیتی تھی۔ اس نے کئی بار اسے زبردستی سگریٹ بھی پلائی تھی مگر ہر بار اس پر کھانسی کے دورے پڑ جاتے تھے۔ جس دن وہ تھوڑی سی پی لیتی ایک دم سے وہ مختلف ہو جاتی۔ اسے تھوڑی سی ہی میں نشہ ہو جاتا۔ اس حالت میں وہ اس کی ہر خواہش پوری کردیتی۔

اسے بھوک محسوس ہوئی۔ فریج میں اس کے مطلب کی کوئی چیز نہیں تھی۔ فریج کے اوپر ہاٹ پیک میں کچھ تھا۔ اس نے ایک پلیٹ میں تھوڑا سا لے کر اپنے کمرے میں آگیا۔ اس نے کھاتے کھاتے ٹی وی کی طرف دیکھا۔ میڈنا PAPA DONT PREACH گا رہی تھی۔ اس کے پاس میڈنا کے BLUE TRUTH کے علاوہ EROTICA اور EVITA کے البم بھی تھے۔ گانے کے ساتھ ساتھ اس کا کھانا ختم ہو گیا۔ اس نے پلیٹ سنک میں رکھ کر واش بیسن میں ہاتھ دھوئے۔ میڈنا کا دوسرا گانا چل رہا تھا۔ کبھی وہ ہوٹل کے ٹیبل پر ہوتی اور کبھی کسی نوجوان کے ساتھ بستر میں۔ میڈنا کے سارے گانے ایک کے بعد ایک آرہے تھے۔ اس نے ان لمحوں میں نیلو کو شریک کرنا چاہا مگر وہ کسمسا کر سوگئی۔

رات کی خاموشی میں اسے سناٹا بھیانک لگ رہا تھا۔ اس نے بوتل اور گلاس کیبنٹ میں رکھ دیئے۔ کھلی کھڑکی سے سرد ہوا اندر آرہی تھی۔ اس نے باہر دیکھا۔ آسمان میں سردی سے ٹھٹھرا ہوا چاند کپکپا رہا تھا۔ ویسے اسے سورج سے زیادہ چاند پسند

تھا۔ سورج تو ہمیشہ ذمہ داری کا احساس دلاتا۔ جب کہ چاند اس کی نس نس میں چاندنی بھر دیتا۔ مگر آج چاند بھی اداس تھا، بالکل اس کے اندر کی اداسی کی طرح۔ اداس رات میں دل کی دھڑکن اور گھڑی کی ٹک ٹک میں کتنی مماثلت ہوتی ہے۔ اس کا دل چاہ رہا تھا کہ ایک لحاف چاند کی طرف بڑھا دے۔ کب تک بے چارہ سردی سے کانپتا رہے گا۔

اس نے سوچا اس کی ساری ہمدردی سارا پیار صرف رات بھر ہی کیوں محدود رہتا ہے؟ سورج جس کے کھلتے ہی افق میں لالی پھیل جاتی ہے۔ باد نسیم کا گنگنانا، چڑیوں کا چہکنا، میدانوں کی طرف ریوڑ کا بڑھنا۔ یہ سب تو زندگی کی علامت ہے۔ جاڑے کی دھوپ کتنی پیاری لگتی ہے۔ گرمی کی تیز دھوپ بھلے ہی اس کا جسم چھلنی کیے دیتی ہو مگر فصل بھی تو پکاتی ہے۔ سمندر سے بھاپ سمیٹ کر برسات کے لئے ترل ترل ترانے سجاتی ہے۔ جب بھی جسمانی تکلیف ہوتی ہے تو سارا قصور گیس کا سمجھا جاتا ہے اور طبیعت میں بے چینی ہو تو ذہن اوٹ پٹانگ باتیں سوچنے لگتا ہے۔

اسے یاد آیا کہ شاید کسی خاص کام سے اسے جینی کے ہاں جانا پڑا تھا۔ وہ اس کے دفتر میں کام کرتی تھی۔ کوئی اس کے بارے میں زیادہ نہیں جانتا تھا سوائے اس کے کہ وہ تنہا رہتی ہے۔ وہ جب اس کے ہاں گیا تو رات زیادہ نہیں ہوئی تھی۔ پھر بھی اس کی دستک پر اسے دروازہ کھولنے میں دیر لگی۔ وہ پہلی بار اس کے گھر گیا تھا۔ دفتر میں بس ہیلو ہیلو تک تعلق تھا۔ اس لئے وہ خاصا نروس تھا۔ اس نے دروازے پر کھڑے کھڑے کام کی بات کی مگر اس نے اسے اندر آنے کے لئے کہا تو اس سے انکار نہ ہو سکا۔ اس نے اس کے لئے ڈرنک بنائی۔ ان دنوں وہ شوقیہ کبھی کبھی پی لیتا تھا۔ دو تین پیگ کے بعد اس نے کوئی میوزک لگا دی اور اس سے ڈانس کی فرمائش کی۔ وہ ڈانس وانس نہیں جانتا تھا پھر بھی انکار نہ کر سکا۔ وہ اس کے ساتھ ڈانس کرتی رہی اور دھیرے دھیرے اپنی گرفت اس کے گرد سخت کرتی گئی۔ اس کی آنکھوں میں خطرناک ارادے نظر آئے۔ جیسے اسے اپنے شکنجے میں جکڑ لینا چاہ رہی تھی۔ وہ اس پچویشن کے لئے قطعی تیار نہیں تھا۔

کچھ دیر بعد وہ بالکل آپے سے باہر ہو گئی۔ وہ ایک محکوم کی طرح اس کے سامنے بے بس تھا۔ اچانک اس نے ایک عجیب سی بات کہی۔ وہ گھوڑا بن جائے۔ اس نے چپ چاپ اس کی بات مان لی۔ وہ بڑی دیر تک اس کی پیٹھ پر بیٹھی رہی۔ پھر اس نے کہا کہ وہ اس کے بال نوچ کر دو تین تھپڑ رسید کرے۔ اس نے جھجکتے ہوئے اس کی یہ فرمائش بھی پوری کی۔ پھر اس نے اس کی پتلون سے بیلٹ کھینچ کر اسکے ہاتھ میں دے دی۔ اس کی آنکھوں میں ایک نشہ تھا۔ ہر بار اس کے منہ سے ایک کراہ نکلتی۔ اسے پیٹتے پیٹتے وہ تھک گیا اور پلنگ کی پائنتی پر بیٹھ گیا۔ جینی بستر پر تنہا یوں بل کھا رہی تھی جیسے ناگن اپنے ناگ سے لپٹی پٹخنیاں کھاتی ہو۔ اس کا سارا نشہ ہرن ہو چکا تھا۔ اور وہ وہاں سے چلا آیا تھا۔

دوسرے دن دفتر میں جینی سے ہیلو ہیلو ہوئی۔ وہ پہلے کی طرح چاق و چوبند تھی۔ پچھلی رات کے نقوش اس کے چہرے پر نہیں تھے۔ وہ ایک مختلف عورت نظر آ رہی تھی۔

دوسری بار وہ تیار ہو کر جینی کے گھر گیا۔ اگلے دن وہ دفتر نہیں آئی۔ پتہ چلا کہ اس نے ہفتہ بھر کی چھٹی لے رکھی ہے۔

رات آدھی سے زیادہ گذر چکی تھی۔ اسے بھولی بسری باتیں کیوں یاد آ رہی تھیں۔ کیا اس کے دماغ کا نظام بگڑ چکا ہے ؟ یہ کیسی بے چینی ہے، کیا ہونے والا ہے ؟

اس نے کھڑکی سے باہر دیکھا۔ چاند نیند کی آغوش میں لڑھک چکا تھا۔ ساری دنیا سو چکی تھی، وہ کیوں جاگ رہا ہے ؟ کیا اس طرح جاگتے جاگتے صبح ہو جائے گی ؟

اس کے بائیں ہاتھ میں جلن سی ہو رہی تھی۔ اس نے ہتھیلی کو دیکھا، ایک نیلا داغ پڑ گیا تھا، ساری جلن ہتھیلی کے بیچوں بیچ ہارٹ لائن کے پاس جمع ہو گئی تھی۔ اب نے زور سے انگلیاں موڑ لیں۔ انگوٹھے کو ان پر جما دیا۔ اس کے بائیں ہاتھ میں جتنی طاقت تھی اس نے مٹھی کو بھینچے رکھا۔ اس کے منہ سے چیخ نکل گئی۔ سارا نشہ کافور ہو گیا۔

ہتھیلی پر ہارٹ لائن کے پاس سکے کے برابر ایک سوراخ تھا۔ یہ کیا ہو گیا؟ کیسے ہو گیا؟ اس نے ٹی وی کی طرف دیکھا۔ اس سوراخ سے اسے ٹی وی اسکرین، اس کے پیچھے اسٹیفی گراف کا چھوٹا سا پوسٹر، بائیں طرف دیوار پر اقبال اور غالب کی فریم کی ہوئی تصویریں صاف نظر آرہی تھیں۔

اس کی گھبراہٹ میں اضافہ ہوتا گیا۔ یہ کیسے ہو گیا، کیوں ہو گیا؟؟ اب اس کے ہاتھوں کی جلن مٹ چکی تھی۔ اس نے پرس سے ایک سکہ نکالا اور اسے ہتھیلی پر رکھا لیکن وہ غائب ہو چکا تھا، اس نے ہاتھ ہٹایا، سکہ بستر پر پڑا تھا۔ اس نے دونوں ہاتھوں سے سر تھام لیا۔ پھر بالوں کو مٹھیوں میں پکڑ کر زور سے کھینچا۔ کہیں وہ خواب تو نہیں دیکھ رہا ہے۔ لیکن وہ جاگ رہا تھا۔ اپنی تمام تر پریشانیوں کے ساتھ۔ اس نے دیوار گھڑی پر نظر ڈالی۔ دو بج رہے تھے، ایسے میں کوئی آجائے تو اسے پاگل ہی سمجھے گا۔ کیا اسے نیلو کو جگانا چاہیے؟

وہ کیا کرے، کہاں جائے؟

آنگن میں چاندنی پھیلی ہوئی تھی۔ اس نے دیکھا امرود کی شاخ پر چاند اٹکا ہوا تھا۔ اس نے ہتھیلی آنکھوں کے سامنے لائی، چاند اداس تھا۔ پتہ نہیں وہ کب سویا۔

صبح نیلو اسے اٹھا رہی تھی، دوسری بار اس کے ہاتھ میں چائے کی پیالی تھی گرما گرم، لیکن اب وہ تیسری بار چائے بنانے کے موڈ میں نہیں تھی۔ اسے اٹھنا ہی پڑا۔ پچھلی رات کا Hang over ابھی بھی پوری طرح دور نہیں ہوا تھا۔ ایسے میں اسے چائے بالکل اچھی نہیں لگتی تھی، مگر دو چار گھونٹ پینا ہی پڑے۔ اس کا سر بری طرح جھائیں جھائیں کر رہا تھا، اسے رات کی کوئی بات یاد نہ تھی، نیلو کا چہرہ پڑھ کر اسے ایسا لگا جیسے اس نے رات بہت گڑبڑ کی تھی، لیکن اسے تو کچھ بھی یاد نہ تھا۔ اس نے دیوار گھڑی دیکھی، نو بج رہے تھے۔

وہ روز سوچتا کہ پینا چھوڑ دے۔ مگر شام ہوتے ہی اس کی نیت بدل جاتی۔ پتہ نہیں یہ علت اس نے کیسے پال لی تھی؟ اسے وہ لوگ کتنے اچھے لگتے جو اس موذی کو

چھوتے بھی نہیں۔

"کیا نہانا نہیں ہے؟" نیلو اسے گھور رہی تھی۔

"ہاں ہاں، کیوں نہیں" وہ اٹھتا ہوا لڑکھڑا لیا۔

"کل رات آپ کو کیا ہو گیا تھا، ایسا تو آپ نے پہلے نہیں کیا؟" وہ ناشتے کا برتن سمیٹ رہی تھی۔

"میری سمجھ میں بھی کچھ نہیں آرہا ہے" اس نے اس کی طرف غور سے دیکھا۔

پہلے بھی کہہ چکی ہوں، آپ شراب چھوڑ کیوں نہیں دیتے؟"

"کس کس کو چھوڑوں؟" اس نے ہنسی میں بات ٹالنی چاہی۔

"اب بچے بڑے ہو رہے ہیں، ان کا تو لحاظ کیجئے"

"سچ، مجھے کچھ یاد نہیں، کل رات کیا ہوا؟" اس نے آئینے کے سامنے ٹائی کی گرہ درست کی۔

"شام جلد آیئے گا، نمرتا کے ہاں چلنا ہے"۔ اس نے اسکوٹر کی چابی بڑھائی، مگر وہ زمین پر گر چکی تھی۔

وہ اس کی ہتھیلی کو گھورنے لگا، جہاں ہارٹ لائن کے پاس ایک سوراخ تھا۔

❖❖❖

آخری شب کا کرب

ناہموار زمین پر
برف کی ٹاپوں سے روندتے ہوئے گھوڑے بجلی کی تیزی سے اڑے چلے جارہے ہیں
کہ اچانک
تنہائی اور سناٹے میں نمودار ہوا
خدا کا گھر
روپہلی چادر سے برفیلی ہواؤں کی آندھی ہر شے کو دم بھر ہی میں ڈھانک لیتی ہے
رقص کرتے ہوئے
برف کے گالے گر رہے ہیں
ہچکولے کھاتی ہوئی برف گاڑی پر
واہے کاکوا پر پھڑ پھڑا کر جھپٹتا ہے
اس کی منحوس چیخ ہول میں اضافہ کر رہی ہے
یاس کے دھندلکے میں
برق رفتار گھوڑے منزل کو تکتے ہیں
اور ان کے جسم
خوف سے تھر تھر کانپ رہے ہیں
(ژوکوفسکی)

کائنات کی سیاہی میں ایک تکیہ اور گھول دی گئی تھی اور سیاہی بدستور قطرہ قطرہ اس کی کھوکھلی آنکھوں پر ٹپک رہی تھی۔ آسمان کے جسم پر بے شمار سفید برص کے داغ تھے۔ ان میں ایک داغ جو دھیرے دھیرے رینگ رہا تھا کبھی لال ہو جاتا کبھی زرد آخر وہ بھی

حدِ نگاہ سے اوجھل ہو گیا۔ دن بھر کی تپتی چھت پر وہ تاڑ کی چٹائی بچھائے آسمان کے ایک ایک دھبے کو اپنی آنکھوں سے کرید رہا تھا۔ بیوی اس کے پہلو میں لیٹی کوئی خواب نچوڑ رہی تھی۔ اچانک وہ کانپ گیا۔

اس کی بیوی پہلے دھیرے سے ہنسی جیسے کھنڈر سے کوئی اینٹ سرک پڑی ہو، پھر اس کے منہ سے رونے کی کریہہ آواز نکلی جیسے کسی ویرانے میں کوئی بلا رو اٹھی ہو، ساتھ ہی ناک اور منہ سے سفید پھین بہہ نکلا اور پھر وہ ساکت ہو گئی۔ اچانک ایک الو چیختا ہوا سر سے گزر گیا۔ اس نے بیوی کے کندھے کو پکڑ کر ہلایا۔ وہ چونک کر اٹھ بیٹھی پھر اس طرح چٹائی پر گر پڑی جیسے جسم سے یکایک ساری ہڈیاں غائب ہو گئی ہوں۔

ہر اماوس کی رات کو ایسا ہوتا تھا۔ اس نے بہتیرے جتن کیے، بیوی کو کسی کام میں بہلائے رکھا، مگر جیسے ہی رات کا دریا چڑھتا وہ لاشعوری طور پر یہ عمل دہرا دیتی۔ البتہ اس نے ایک بات ضرور غور کی کہ اس ہیجانی کیفیت کے دوران بیوی کے منہ سے کچھ اس قسم کی آواز نکلتی جیسے وہ کسی بلی یا کتے کو بھگا رہی ہو۔

اس کی ساس کا خیال تھا کہ گھر میں جو منڈلا امرود کا پیڑ تھا بس سارا کیا کرایا اسی کا ہے کیونکہ جس دن وہ پیڑ کاٹ دیا گیا تھا کوئی ساری رات گھر کی منڈیر پر روتا رہا۔ پاس پڑوس والے عجیب قسم کی سرگوشیاں کرتے رہے، کوئی مرگی کہتا کوئی ہسٹیریا، ماہرین طب بھی اس مرض کا علاج نہ کر سکے۔

شروع شروع میں تو وہ خوفزدہ ہو گیا تھا مگر آہستہ آہستہ عادی ہوتا چلا گیا۔ بچپن میں جب آدھی رات کو اچانک کوئی کتا سر اٹھا کر رونے لگتا تو وہ ماں کے سینے سے چمٹ جاتا۔ ایک بار تو بلی کے رونے کی آواز پر وہ بیہوش ہو گیا تھا۔ جب وہ بارہ سال کا تھا تو اپنے ساتھیوں کے ساتھ فٹ بال کھیل کر واپس آتے ہوئے اس نے ایک نیم کے درخت کی جڑ پر پیشاب کر دیا تھا، تب ہی ایک خمیدہ کمر بڑھیا نے کہا تھا کہ یہ تو کوئی پوجا استھان ہے، ثبوت کے طور پر آس پاس ہی بکھرے ہوئے لال رنگ دکھائے تو وہ سوچ میں پڑ گیا پھر جب بڑھیا نے بتلایا کہ وہ سپنے میں بری بری چیزیں دیکھے گا تو وہ یکلخت

خوف سے کانپ گیا تھا اور گھر آکر ایسا بیمار پڑا کہ ٹھیک ہونے میں ہفتوں لگ گئے۔

لیکن جیسے جیسے اس کا جسم بڑھتا رہا اس کا خوف گھٹتا گیا شادی کے چند ماہ بعد ہی اسکی بیوی کے پہلے دورے نے پھر اُسی خوف کے کھنڈر میں پھینک دیا۔ اسے ایسا لگا جیسے "وہ" اپنا بدلہ لے رہی ہے۔

اس کا جب پہلا بچہ ہوا تو وہ دیکھنے بھی نہ گیا کیونکہ اسکا سر انگوٹھے کے برابر تھا اور چند ہی گھنٹوں میں ختم بھی ہو گیا۔ اس عجیب الخلقت بچے کے مرنے کا اسے ذرا بھی غم نہ تھا۔ البتہ اس کی بیوی ایک سوالیہ نشان بن کر اس کے ذہن میں ہتھوڑے چلانے لگی۔

اس دن وہ دفتر سے آکر موزے اتار رہا تھا کہ وہ اس کے پاس آکر بیٹھ گئی۔ اس نے جوتوں کو پلنگ کے نیچے رکھتے ہوئے اس کی طرف دیکھا۔ وہ بار بار انگلیاں چٹکار رہی تھی، ذہن کی بات منھ تک آنے کی جھجک میں یہ عمل اس سے لاشعوری طور پر ہو رہا تھا۔ اس نے اس کی انگلیوں کو پکڑ لیا۔ تب اس کی بیوی نے جو بات کہی اسے ایک طویل قہقہے میں اس نے اڑا دیا وہ کرتا بھی کیا؟ اس نے کہا تھا کہ جب آنگن میں بیٹھی مسالا پیس رہی تھی تو اسے اچانک محسوس ہوا کہ کوئی اس کی پیٹھ پر سوار ہے اور وہ پیٹھ کی بوجھ سے سل سے لگی جا رہی ہے لیکن جب ہوش آیا تو پیٹھ پر کوئی نہ تھا اور مسالہ بھی پس کر تیار تھا۔

دفتر سے لوٹتے ہوئے وہ سائیکل کے اگلے پہیے کو جس میں ہوا کم تھی، سڑک کے چھوٹے چھوٹے گڑھوں سے بچاتا ہوا آ رہا تھا کہ یکایک وہ سرخ سرخ آنکھوں کے گھیرے میں آگیا۔ یہ آنکھیں ایک تلک دھاری سادھو کی تھیں جو اس پر گڑی ہوئی تھیں۔ اسے ایسا محسوس ہو رہا تھا کہ اس کا سارا خون نچڑ نچڑ کر اس تلک دھاری سادھو کی آنکھوں میں سما رہا ہے۔ سادھو نے زمین سے ایک مٹھی خاک کی بھری اور اس پر جھاڑ دی۔

"سائے کے پیچھے مت بھاگ مورکھ"

تلک دھاری سادھو کے کھڑاؤں کی کھٹ کھٹ سنسان سڑک پر دور ہوتی گئی اور اس کا گیروا ہیولٰی نقطہ در نقطہ بٹتا گیا۔

پھر جب اسے اپنی لمبی پرچھائیوں کا احساس ہوا تو فوراً پلٹا۔ دور سورج قدرت کے ایک ہی طمانچے پر دم توڑ رہا تھا۔

جب وہ گھر پہنچا تو یکایک وہ چونک پڑا۔ کنویں کی منڈیر پر وہی بچپن کی خمیدہ کمر بڑھیا ڈول کھینچ رہی تھی۔ اسے دیکھ کر وہ تھر تھر کانپنے لگا۔ اسی وقت کسی نے اس کا بازو پکڑ کر جھنجھوڑ دیا۔ اس نے پلٹ کر دیکھا تو اس کی ساس تھی اور کنویں پر اس کی بیوی جھکی ہوئی ڈول کھینچ رہی تھی۔

رات کی سیاہی نے آج ایک تکیہ نگل لی تھی۔ وہ بیوی کے ساتھ ندی سے لوٹ رہا تھا۔ پگڈنڈی پر پاؤں الٹے سیدھے پڑ رہے تھے۔ راستے میں ایک ویران باغ پڑتا تھا جہاں پہنچتے ہی قدم خود بخود تیز ہو جاتے۔ باغ کا بوڑھا جسم درختوں سے لپٹا ہوا تھا اور اس کے عین ناف پر ایک تالاب، جس کے بیچ میں پیاسے کنول سانپ کی طرح جھوم رہے تھے۔

وہ دم لینے کے لئے باغ میں رُک گئے۔ گھاس سرسرا رہی تھی۔ کیلے کے پتے ہوا سے کچھ ایسے مل رہے تھے جیسے ایک ساتھ ہزاروں بد روحیں جھانک رہی ہوں، پھر اچانک سر کے اوپر شاخ سے کوئی ہیبت ناک پرندہ پھڑ پھڑا کر چیختا ہوا اڑا، ساتھ ہی ساتھ کوئی تالاب میں گڑلپ سے کودا۔

وہ کندھے سے لگی گھاس تک رہی تھی وہ بھی اپنے تلوے گھاس سے رگڑ رہا تھا۔ رات کی ڈائن کے رینگتے ہوئے سائے چاروں طرف بڑھ رہے تھے، مگر وقت کے بیتنے کا انھیں احساس بھی نہیں ہوا۔ اچانک ہر سو گہری تاریکی چھا گئی اور جب آسمان کی کھڑکی پر ایک لال چہرہ نظر آیا تب ہی انھیں احساس ہوا کہ جو گزر گئی تھی وہ رات اماوس کی تھی۔

❖❖❖

دھواں

اس کے نتھنے جلنے لگے تو وہ روشن دان سے باہر آیا ـــــــ اسے کچھ دکھائی نہیں دیا ـــــ پنکھا جھلتی ہوئی اس کی بیوی اس کے قدموں سے ٹکرا کر پاش پاش ہونے سے بچی۔ سارا آنگن یک منزلہ دھواں سے بھرا ہوا تھا ـــــــ اس کثیف دھند میں وہ ٹٹولتا ہوا نل تک گیا ـــــ

"ممو! تم نے کچھ دیکھا؟" اس نے چیخ چھلنی اٹھائی۔

"کیا ـــــ ؟" پانی کی دھار رک گئی

"یہ ـــــ یہ ـــــ" اس نے باہر کی طرف انگلی اٹھائی۔

"کیا ـــ کہاں ـــ ؟" اس کے چہرے پر پھیلی لالی لوار بکھر گئی

"وہ ـــــ وہ ـــــ دھو ـــــ اں ـــ"

"ہاں اب نہیں ہے، چولھا سلگ گیا ہے۔"

"چو ـــ لھا ـــــ دھواں ـــ تم کیا کہہ رہی ہو ـــ ؟ یہ آنگن ـــ وہ کنویں کی منڈیر ـــ باہر گلی میں کیا بھرا پڑا ہے ـــ ؟" وہ تھر تھرلیا۔

"کہاں ـــ کچھ بھی تو نہیں ـــ!"

وہ باہر جھانکی۔

"تم اندھی ہو گئی ہو ـــ کئی بار کہا ہے کہ عینک لے لو مگر ـــ"

"ارے بھئی کہاں دھواں ہے ؟"

"وہ ـــ وہ ـــ کیا ہے ـــ ؟"

"تمھارے دماغ میں دھواں بھر گیا ہے، کئی بار کہا ہے رات گئے تک اناپ شناپ کتابیں مت کھنگالو مگر سنتا کون ہے۔"

وہ ہڑ بڑا گیا--- تو کیا صرف اسے ہی نظر آرہا ہے؟

کچھ دیر بعد اس نے ریڈیو آن کیا۔

"بھٹو نے حزبِ اختلاف ----" اس نے اناؤنسر کا گلا گھونٹ دیا۔

ممو نے ناشتے کی پلیٹ لا کر رکھ دی تو اس نے ٹٹول کر پراٹھے توڑے۔ حلوے کی رکابی ممو نے ہی اس کے قریب سرکا دی۔

"آج تمھیں ہو کیا گیا ہے----؟" اس کی آواز پھڑ پھڑائی۔

"مجھے---کچھ--- بھی--- نہیں---تو---"

"کچھ نہیں تو کھا کیوں نہیں رہے---؟ ایسے کیوں بیٹھے ہو---؟"

"بات دراصل یہ ہے کہ دھو---واں---"

"دھواں تمہارا سر---" وہ جھنجھلا کر آنگن میں تحلیل ہو گئی۔

وہ سائیکل لیے گلی میں نکل آیا--- مکان پر دھند ہی دھند چھٹی ہوئی تھی۔

"السلام علیکم بہزاد صاحب!"

"وعلیک السلام بھائی!"

"کیسے اچھے تو ہیں----؟" صغیر کرید رہا تھا۔

"ہاں ٹھیک ہوں" صغیر کے چہرے پر بے اطمینانی کی کوئی سلوٹ نہ تھی۔

"کیوں بھائی! یہ دھوپ نکل آئی ہے مگر یہاں سے وہاں تک دھواں---"

"د---ھو---ا---ں---؟" اس کی آنکھیں حیرت سے اُبل پڑیں۔

"ب---ہتر---ہے---میں چلتا ہوں----اس نے سائیکل زور سے دوڑا دی۔

سڑک پر آکر وہ تیز تیز پیڈل مار رہا تھا۔ ایک منی بس چنگھاڑتی ہوئی قریب سے گزری۔ اس کا جی چاہا کانوں میں انگلیاں ٹھونس لے مگر ہینڈل سے گرفت ڈھیلی نہ ہوئی۔ جلتی ہوئی آنکھوں سے اب پانی جھڑ رہا تھا۔ اس نے گیلی آنکھوں کو میچ کر دیکھا۔ ساری مخلوق اپنی کھردری چال میں رواں دواں تھی۔ پھیلتے ہوئے دھویں کا کسی کو

احساس نہ تھا۔ کتنے بے حس ہو گئے ہیں یہ لوگ---منحر---ذرا بھی اپنے نتھنوں کو نہیں ڈھانپتے----وہ کھانستا ہولار کیتا ئل بلڈنگ میں داخل ہو گیا۔

آفس کی راہداری گنجلک سی تھی---دھندلے ہال سے گزر کر وہ اپنے چیمبر میں گیا---اس کی کرسی اندھیرے میں کہیں گم تھی---وہ ٹٹول کر کرسی پر جا بیٹھا---کچھ دیر یونہی فائلیں الٹ پلٹ کیں---پھر بھی ذہن میں یکسوئی پیدا نہ ہوئی----

آرڈرلی نے ایک سرخ فائل جس پر سبز فیتہ چڑھا ہوا تھا لا کر میز پر لگا دی۔

"کیوں صاحب! طبیعت تو ٹھیک ہے نا---؟" وہ لرز رہا تھا۔

"ہا--ں---تم جاؤ---" اُس نے نظروں سے اُسے دھکیل دیا۔

سبز فیتہ کھولا تو اس کی نگاہ باس کے سرخ نوٹس پر پھیل گئی۔

"ارجنٹ۔ ٹیک ایکشن---"

اس نے اسٹینو کو بلا کر ڈکٹیٹ کرانا شروع کیا۔

"دی ایسٹ اینڈ ویسٹ انٹرپرائزز،"

"تھری جارج ایونیو۔"

"کلکتہ سیونٹین"

"ری: کینسلیشن آف یور آرڈر نمبر ج اینڈ ج ڈیٹیڈ ج اینڈ ج۔"

"رف: یور لاسٹ لیٹر نمبر ج اینڈ ج ڈیٹیڈ ج اینڈ ج۔"

"ڈیر سرز"

"وِدھ ریفرنس ٹو یور لوو، وی ریگریٹ، تو لیٹ یو نو ڈیٹ ڈیو ٹو ہیوی اسموک---

"و---ہا---ٹ---" اسٹینو کرسی پر ممیائی۔

"ایم ساری۔ پلیز گو۔ آئی ول کال یو لیٹر آن۔"

وہ دیر تک سرنگوں بیٹھا رہا---پھر ٹٹول کر ڈبیہ سے ایک سگریٹ نکالی اور

ہونٹوں سے چپکا لیا۔ پھر ماچس کی تیلی دکھا کر اس نے حلق تک کش لیا۔ جب بگولے اس کے ہونٹوں سے نکل کر سامنے پھیلے تو وہ ایک دم گھبرا گیا۔ اس کا چہرہ پیلا پڑ گیا اور سانس کہیں ڈوبنے لگی---- اسے یہ بھی احساس نہ ہوا کہ اس کا ساتھی دلیپ بند ھوپادھیائے اُسے کب سے گھور رہا تھا۔

"کی رے بٹیا! کی ہوئے چھے؟"

"کچھ نہیں ٹھیک ہوں---"

"سپنوں دیکھ چھلس نا کی---؟"

"نہیں بھائی---اچھا دلیپ یہ چاروں طرف دھواں دیکھ رہے ہو---؟"

"دھواں؟---کی آبول تابول بوک چھس---سن ایک ٹی بھالو بوتل جوگاڑ کورے چھی، چوبی----؟"

"نہیں یار آج نہیں۔"

"تور مرضی---"

شام تک اس سے کچھ نہ ہو سکا---سوائے بار بار کھانسنے اور آنکھیں ملنے کے، جن میں اب پانی رس رہا تھا---لنچ میں بھی وہ کہیں نہیں گیا تھا---اوندھے منہ تمام دن یونہی کاٹ دیا---

دفتر سے وہ گھر لوٹ رہا تھا---نتھنوں میں جلن کچھ اور بڑھ گئی تھی---اب تو راستہ بھی صاف نہیں دکھ رہا تھا۔

ایک بجلی کے کھمبے کو تھام کر اس نے سائیکل روکی، اور رومال سے آنکھوں کو پونچھا۔

گھر میں داخل ہو کر بستر پر جا لیٹا۔ غسل خانے سے اس کی بیوی کے نہانے کی آواز آرہی تھی۔ اس کا جی متلا رہا تھا۔ کوئی زہریلی کائی اس کے ذہن میں پھٹ رہی تھی۔ ایک بو کا ہیولیٰ کب سے اس کے سامنے گردش کر رہا تھا---اچانک اس کی بیوی کے داخل ہوتے ہی وہ چھلاوے کی طرح غائب ہو گیا۔

"ناشتہ لاؤں---!"

"نہیں صرف چائے---"

"آج بیسن کے پکوڑے ہری مرچ ڈال کر بنائے ہیں۔"

"صرف چائے---"

"کیا بات ہے طبیعت تو ٹھیک ہے؟" اس نے آنچل سے اس کی پیشانی پونچھی۔

"ہاں ہاں مجھے کیا ہوا ہے؟ جاؤ سب لے آؤ کھالوں گا۔"

اسٹیشمین کی سرخی نے اُسے ڈنک ماری--- پیالی ہاتھ سے چھوٹتے چھوٹتے بچی---وہ پھر اندھے گھپا میں لڑھک گیا--- تاریکی در تاریکی---

"آج عالیہ بیگم نے کھانے پر بلایا ہے۔"

"تم چلی جاؤ میں گھر پہ رہوں گا" اس نے سگریٹ جلانے کا ارادہ ملتوی کر دیا۔

"میں بھی نہیں جاؤں گی---" پیالیاں کھڑکیں۔

"تمھاری مرضی---" اس نے سگریٹ مسل کر پھینک دی۔

اندھیرا اس کے آنگن سے چپک کر بیٹھ گیا تھا--- سیاہ پرچھائیاں اب بھی سرگوشیاں کر رہی تھیں--- اس کا چہرہ پیلا پڑنے لگا--- سانسوں کی طنابیں ٹوٹنے لگیں--- اس کا دل پارہ پارہ ہو کر شریانوں میں بہنے لگا--- ایک تھر تھری سی سر سے پانو تک دوڑ گئی۔

"کیا ہوا---" وہ پھر گھوری۔

"دھو---" تالو میں کوئی کانٹا چبھا۔

"پھر وہی--- کئی ابابیلیں اس کی آنکھوں میں گریں۔

"چلو عالیہ بیگم کے ہاں---" اس نے سپر ڈالنے سے پہلے آخری اڑان بھری۔

اچانک وہ رک گیا۔

"اور کتنی دور جانا ہے؟ خدا کے لیے آنکھوں سے پٹی کھول دو---"

"کوئی پٹی نہیں ہے تمھاری آنکھوں پر!"

"پھر یہ ::::؟"

"پردہ پڑا ہے تمھاری عقل پر" وہ بھاگی

"نہیں نہیں! میرا ہاتھ تھام لو، میں گر پڑوں گا" وہ لڑکھڑ لیا۔

پھر گرتا پڑتا عالیہ بیگم کے در تک پہنچ ہی گیا۔

رات قطرہ قطرہ پگھل رہی تھی۔

اس نے جیسے ہی پہلا نوالہ اٹھایا اسے کافور کی بو آئی۔ اس نے گھبرا کر نوالہ پلیٹ میں رکھ دیا۔ دوسری رکابیوں سے کچھ اسی قسم کا بھبکا اٹھا۔ اس نے دستر خوان سے اپنی انگلیاں کھینچ لیں اور یونہی سر نگوں رہا۔

ہاتھ دھوتے وقت اس کی نگاہ عالیہ بیگم پر پڑی جو دیوار سے سر لگائے دم بخود تھی۔ اس نے قریب ہو کر پھسپھسایا۔

"یہ آپ چاروں اور کیا دیکھ رہی ہیں"

"نہیں میں نے ہر دشا سے آنکھیں پھیر لی ہیں" اس نے پلکیں جھپکائیں۔

"کیوں آخر کیوں؟" اس نے چیخنا چاہا۔

"سعی لاحاصل سے کیا فائدہ؟" وہ آگے کو رینگ گئی۔

کچھ دیر بعد وہ پگڈنڈیاں طے کر رہے تھے۔ خیدہ کمر میزبان اب بھی اس کے ذہن میں سانس لے رہی تھی۔

اچانک وہ ٹھٹھک پڑا۔

"وہ کیا ہے؟"

"کہاں ---؟"

"وہ کھیتوں کے درمیان۔" اس کی انگلی تھر تھرا رہی تھی۔

"کہا---ں---وہ---وہ تو بجوکا ہے" اس نے اپنی سانس لوھر پھینکی۔

"بجوکا---؟ بجوکا کیا---؟"

"جیسے تم جانتے نہیں ---- ارے کھیتوں کا مصنوعی پہرے دار!"

"اچھ ---- چھا ----"

"ج ---- ی ----"

"لیکن چٹکی ہوئی چاندنی میں وہ دھوئیں سے لپٹا کیا کر رہا ہے؟"

"اسے دھواں نظر نہیں آتا ----"

"کیا بجو کا اندھا ہے ----؟"

"ہاں ---- میری طرح ---- سبھوں کی طرح ---- تمہاری طرح آنکھوں والا نہیں ----"

"ایسا نہ کہو ---- ایسا نہ کہو ----"

"کیوں نہ کہوں ---- مجھے کسی کا ڈر ہے کیا ----"

اچانک وہ بھٹے کے کھیت میں گر پڑے ---- تڑاتڑ ---- تڑاتڑ ---- کئی تنے ٹوٹ پڑے ---- تالیاں دور تک لہرائیں ---- پتوں کی سرسراہٹ میں کئی ناگ ادھر ادھر ہو گئے۔

وہ اٹھنا چاہی تو وہ جونک کی طرح اس سے چمٹ گیا۔ ----

تھر تھر ---- تھر تھر ---- کانپتی جونکیں ----

"دیکھو دھواں پھر بڑھ رہا ہے۔" وہ پھر چمٹ گیا ----

پھر دھیرے دھیرے تھر تھری میں کمی آنے لگی ---- لیکن آنکھوں اور نتھنوں کی جلن اب بھی باقی تھی۔ پتہ نہیں لرزلوہ بھی کہیں سے ٹوٹ گئی۔

"تم ---- تم ---- کون ---- ہو ----؟" اس کی سانس پھولنے لگی۔

"میں ---- میں ---- تمہاری ---- ممو ----"

"ممو ---- کون ----؟" دم گھٹنے لگا۔

"ممو ---- تمہاری بیوی ----" دم ٹوٹنے لگا۔

"لیکن تم ---- تم نہیں لگتیں ---- کوئی اور ہو ----" سانس اکھڑنے لگی۔

"میں میں ہوں ـــــ صرف میں اور کوئی نہیں ـــــ " سانس اٹکنے لگی۔

"نہیں ـــــ تم ـــــ تم نہیں ـــــ تم ـــــ"

"ہاں ـــــ ں ـــــ میں ـــــ"

"تم ـــــ تم ـــــ" اس کا ذہن دھواں دھواں ہونے لگا--- آنکھیں جلن سے پھٹنے لگیں--- نتھنے چٹخنے کو تھے----

"میں ـــــ"

"تم ـــــ دھو ـــــ اں ـــــ دھو ـــــ دھواں ـــــ"

اور اس نے ڈھیر سارا دھواں اس کے منہ میں اگل دیا۔

❖❖❖

خشک ناریل میں دو نلکیاں

گیارہویں منزل
تکون کمرہ
اور
وہ
ٹیلی فون کی گھنٹی ممیائی۔ اس نے رسیور پر ہاتھ رکھا۔
"ہیلو!"
ہاں۔ ۔۔بول رہا ہوں"
فکر مت کرو، سب ٹھیک ہو جائے گا۔"

اس نے رسیور پھینک کر ایک میٹھی سانس کھینچی اور پپوٹوں کو دھیرے سے موند لیا۔

ایک یگ سے اس کی سانسیں یہاں قید تھیں۔ مٹی سے اس کا رشتہ کب کا ٹوٹ چکا تھا۔ ہر رات یہیں اس کے لئے کوئی دھوپ بے لباس ہوتی۔ اس کے بے رحم ماضی بد قماش حال اور بے نشاں مستقبل کے اندھے تکون میں گھرا شیشہ نما کمرہ کراہتا رہتا۔

حدِ نگاہ تک دل شکستہ سمندر بانہیں پسارے آسمان کی جانب تکتا رہتا اس کی آہیں بھرتی ہوئی موجیں بار بار اس کے دل کو ڈس لیتیں اور رگ رگ میں زہریلا جھاگ اتر تا جاتا۔

ہوش نے اسے سنبھالا تو اس کے تلوے ریت پر تھے اور اس کے نازک کاندھے پر سورج کا بوجھ--- آخر ایک رات اس کے سامنے سورج کی بوٹیاں بکھر گئیں---- چاروں اور بگولے بلند ہوئے--- اُسے اندھے گپھاؤں میں تریاق نظر آیا۔

دائیں جانب چیتھڑوں میں گمٹی جھونپڑیاں ہانپ رہی تھیں جن سے کرنیں بھی کتراتیں۔ انہیں اندھیروں سے اس نے کچھ سانسیں مستعار لی تھیں۔ وہ کھردری سی بدروح آج بھی اس کے ذہن میں لہراتی جس نے اسے بار بار قتل کیا تھا۔

بائیں طرف ایک پندرہ منزلہ خواب استادہ تھااس کی قامت اسے ریزہ ریزہ کر دیتی۔ آنکھوں کی پتلیاں جب بھی اودھر پھسلتیں اس کے سینے میں سمندر بھرنے لگتا۔

دوپہر صبح پر معلق تھی ---- وہ دوربین لئے بیٹھا تھا۔ اگلے ہی لمحہ وہ کھلی چھت پر نکل آیا --- سوئمنگ پول پر ایک آبی پری تھی --- اس نے حلق تر کر کے لہروں کی چادر اوڑھ لی --- یخ یخ کرتا پانی اس کے بدن کو جھلسا رہا تھا ---- دور کنارے پر سورج کی دو قاشیں لرز رہی تھیں ---- وہ سرعت سے اودھر بڑھا اور ایک ہی جھٹکے میں سموچا سورج اندر کھینچ لیا۔

جب اسے نجات ملی تو دونوں دشائیں شل تھیں۔ وہ ٹوٹا بکھرتا کمرے تک پہنچا تھا کہ فون کی گھنٹی پھر ممیائی۔

"ہیلو!"

"ہاں ٹھیک ہے سودا کرلو۔"

"ہاں ہاں ڈیڑھ لاکھ میں گھاٹا نہیں۔"

دوربین پھر انگلیوں کی گرفت میں تھی۔ اچانک اس کی آنکھوں میں قرمزی لکیریں ابھریں اور دور فٹ پاتھ پر کرن

کئی دن سے ایسا ہو رہا تھا جیسے ہی سورج آدھا آسمان طے کرتا ایک معصوم سی کرن نمودار ہوتی اور اس کا وجود کمرے میں گھر جاتا۔ ایک کافوری خوشبو اس کے ذہن میں بکھرنے لگتی۔

اگلے نکڑ پر وہ کرن اسے چھلاوے دے رہی تھی۔ اور وہ اپنے اندر بار بار پھسل رہا تھا۔ کبھی جھنجھلا کر اپنے تصور سے اسے ہانک دیتا مگر اگلے ہی پل وہ اس کے ذہن میں سانس لینے لگتی۔

دوسرے دن وہ پھر نمودار ہوئی --- وہ دوربین پھینک کر ایک ہی سانس میں فٹ پاتھ پر چلا آیا اس کے کاندھے پر ایک غیر مرئی شے سوار تھی۔ کئی سال بعد فٹ پاتھ اُس کے تلوے چاٹ رہے تھے۔ وہ اردگرد سے بے نیاز دیوانہ وار بڑھتا ہی گیا لیکن

دونوں کے درمیان فاصلے کی دلدل پھر بھی حائل رہی۔

جب وہ لوٹا تو اس کا مسکن ایک حدِ فاصل کھینچے کھڑا تھا۔ اس کی چھاؤں میں اس کا وجود پگھلنے لگا اور وہ اس بوند بوند کی فنا سے گھبرا کر بھاگ کھڑا ہوا۔

رات اسے ساحل پر لے آئی---ریت کی بانہوں میں اُسے عجیب سی اپنائیت ملی، ساتھ ہی ایک مانوس لمس کا اسے احساس ہوا۔ سفید اپسرائیں کنارے پر آکر اس طرح بکھر جاتیں جیسے کہرا برفیلی چوٹیوں پر---رات دھیرے دھیرے پگھل رہی تھی---یہ رات یہ آدھے چاند کی رات ایک مدت کے بعد اس کی زندگی میں آئی تھی۔ سمندر کا کنارہ بہت دنوں بعد اس سے ہم آغوش ہوا تھا۔ ناریل کے درختوں نے ایک عرصہ کے بعد اس سے سرگوشیاں کی تھیں اور ان سے پھسل پھسل کر آنیوالی مرطوب ہوائیں کتنی راتوں کے بعد اس سے لپٹ رہی تھیں---یہ رات ایک نئے سویرے کی قاصد تھی۔

مشرق سونا اگلنے لگا تو وہ اٹھ بیٹھا---چلتے چلتے اس نے جیب میں ہاتھ ڈالا۔ وہاں جو کچھ ملا سمندر کے منہ پر دے مارا۔ آج وہ اپنے بے مروت ماضی کی تمام جڑیں کاٹ دینا چاہتا تھا۔ اب اسے وہ برگد نظر آگیا تھا جہاں نجات کی نرم چھاؤں تھی۔

دھوپ نے اپنا بدن کچھ اور پھیلا دیا تو شہر آنکھیں مل کر اٹھ بیٹھا۔ وہ چہروں کی بھیڑ میں ڈوبتا ابھرتا اپنے خواب کے چہرے سے جا ملا---وہ سب میں کتنی نمایاں تھی، کتنی منفرد، کتنی آفاقی جیسے مقدس کتاب کا درمیانی ورق---

دو

ماہ

بعد

دونوں ساحل پر تھے---سمندر پر سکون تھا۔ چند ماہی خور پرندے چکراتے پھر رہے تھے۔ دور سطحِ آب پر سورج سرنگوں تھا۔ سناٹوں کی چیخ اور لہروں کی پکار---لیکن اس چیخ و پکار کے بیچ انہیں کچھ ٹوٹنے کی آواز صاف سنائی دے رہی

تھی۔

اچانک اس نے پاؤں کھینچ لیا۔

"کیا ہوا۔۔۔" وہ گھبرا گئی۔

"کچھ نہیں۔۔۔"

"لیکن گھروندا۔۔۔؟" اس کی آنکھوں میں سوال تھا۔

"چلو میں نے گھروندوں پر کبھی وشواس نہیں کیا۔"

ایک خمیدہ کمر بوڑھا ڈھیر سارے ناریل سجائے بیٹھا تھا۔

ایک ناریل۔۔۔ دو ٹکیاں۔۔۔ اور چار لب۔۔۔

سڑک پر شمشان کے سائے پھیل رہے تھے۔

"یوں کب تک ملتے رہو گے؟" تاریکی میں آواز چمکی۔

"جب تک سر پر آسمان نہ ہوگا۔"

"تب واپس چلو، ان لہروں پر اپنا آشیانہ بنائیں۔" اس نے ساحل کی جانب اشارہ کیا۔

میں جانتا ہوں جب تک آسمان نہ ہوگا کوئی ارمان پورا نہیں ہوگا۔۔۔ اتنا بڑا سورج اور چھوٹا سا سائبان بھی نہیں۔۔۔ کیا ہم ایک کھولی کے اندر دوسری کھولی، ایک چال کی تہہ میں دوسری چال ایک جھونپڑی کے نیچے دوسری جھونپڑی نہیں 7 کر سکتے تاکہ ہر خواب کے اندر ایک حقیقت، ہر جھوٹ کی تہہ میں ایک سچائی، ہر نفرت کے نیچے ایک محبت قائم ہو۔۔۔ دائمی نہ سہی عارضی ہی سہی، پل دو پل کیلئے۔۔۔" اس کی آواز اندھیرے میں ڈوبتی چلی گئی۔

رات نے مٹھی کھول دی تھی۔۔۔ وہ فقیرا کی کھولی میں لوٹا۔ وہ ابھی اسے پہچان نہیں پایا تھا۔۔۔ ایک دن نل سے چلو بھر پانی پی کر گرا تو اس کی آنکھ فقیرا کی کھولی میں کھلی۔ دو دن تک چاول کا کوئی دانہ اس پر مہربان نہیں ہوا تھا مگر فقیرا اس پر ضرور مہربان تھا۔ چار گز کی کھولی میں پہلے ہی پانچ لاشیں تھیں اب کھینچ تان کر اسے بھی اڑس لیا گیا تھا۔۔۔ اس کی پوپلی ماں، ہذیانی بیوی، سڑے ہوئے بچے اور آس پاس دنیا بھر کا

کچرا، غلاظت کا ڈھیر۔۔۔ان کے درمیان خاموش آہیں، مدقوق قہقہے، اداس کلکاریاں۔۔۔وقت نے اسے کہاں سے کہاں لا پھینکا تھا۔

\ وہ سو جانا چاہتا تھا مگر نیند تو کئی راتوں سے اس پر بے مہر تھی۔ پھر بھی کوئی مہیب خیال اسے کچوکے نہیں لگاتا، کوئی بھیانک سایہ اس پر نہیں منڈلاتا۔ بس ایک خلش اسے بار بار ڈنک مارتی اور اس کی نیند راستہ بھول جاتی۔

رات خود کو سحر کے حوالے کرنیوالی تھی۔۔اچانک ڈھیر ساری آہٹ کے سائے اس کی جانب لپکے۔۔۔ابھی اس کا لوسان بھی بجا نہیں ہو پایا تھا کہ تیز روشنیوں نے اسے نگل لیا۔

اور پھر افق نے سُرخ دائرہ اگلا تو وہ تاریکی میں سر نہورائے بیٹھا تھا۔ وقت کا یہ طمانچہ اس کی سمجھ سے بالاتر تھا۔ کیا یہ اس کے پچھلے گناہوں کی سزا تھی۔۔۔؟

جب اسے منتقل کیا جانے لگا تو سلاخوں کے پیچھے کچھ دیکھ کر وہ چونک پڑا۔ حالات نے یہ کیسی کروٹ لی تھی؟ اخبار کی سرخیاں دیکھے تو صدیاں گذر گئی تھیں۔ اسے دوسرے کٹہرے میں ڈھکیل کر قفل ڈالدیا گیا۔۔۔اب وہ تنہائیوں کا قیدی تھا۔ کوئی اخبار نہیں کوئی کتاب نہیں۔ کوئی لفظوں کا مسیحا نہیں۔

۔۔۔ماہ۔۔۔سال۔۔۔صدی۔۔۔۔

یہ کیسے شب و روز تھے، یہ کیسی خودکشی تھی۔۔۔؟؟

وہ سزا کاٹ کر باہر آیا اور اپنی ہی انگلی تھام کر چل پڑا۔

اسے فقیرا کی فکر تھی۔ مگر وہاں اس کی کھولی کی جگہ ایک صفاچٹ میدان اس کا منہ چڑا رہا تھا۔

وہ ساحل کی طرف بڑھا جہاں اس کے جواں گھروندے دفن تھے۔۔۔کچھ ہی فاصلے پر ایک خمیدہ کمر بوڑھا سجے سجائے ناریلوں پر سرنگوں تھا۔۔۔۔

پاس ہی گندے چھلکوں کے ڈھیر پر ایک خشک ناریل میں دو نلکیوں پر دو لب پھڑ پھڑا رہے تھے۔

❖❖❖

گوشت

"گوشت لو گوشت"

ہر صبح جمن کی آواز اِس ناکے سے اس ناکے تک لہرا جاتی۔ "گوشت لو گوشت" اس آواز میں اتنی کرختگی ہوتی کہ ساری گلی گونج اٹھتی۔

جمن ستائیس اٹھائیس سال کا کڑیل جوان تھا۔ اس کا چوڑا سینہ اور قوی بازو سینڈو بنیائن سے باہر ہر وقت پھڑکتے رہے، کمر پر چیک کی ایک چیٹ لنگی بندھی رہتی اور سر پر ایک بڑا سا ٹوکرا۔۔۔

محلے کے اکثر مرد سویرے ہی اپنے اپنے دھندے پر نکل جاتے۔ ایسے میں عورتیں ہی جمن سے گوشت خریدا کرتیں۔۔۔۔۔۔ یہ بات نہیں تھی کہ اس گلی میں جمن کے علاوہ اور کوئی نہ آتا تھا کئی دوسرے پھیری والے بھی آتے تھے، مگر اس کی بات ہی اور تھی۔۔۔ وہ گوشت بھی عمدہ لاتا اور قیمت بھی مناسب لیتا اکثر ادھار بھی دے دیا کرتا، اور ادھار دے کر بھول جانا جیسے اس کی فطرت ہی میں داخل تھا۔

رحسن کا گھر بھی اسی محلے میں تھا، عمر کی وہ بیسویں منزل میں تھی جوانی تو بس اس پر جیسے پھلانگتے ہوئے آئی تھی۔ اور رہی سہی کسر نئی نئی شادی نے پوری کر دی وہ ایسی ٹوٹ کر جوان ہوئی کہ دیکھتے دیکھتے عورت سے قیامت بن گئی۔ اس کا شوہر اس شہر کی کولیری میں ملازم تھا۔ بے چارہ سویرے ہی ڈیوٹی پر نکل جاتا۔

ایک دن جمن کا ٹوکرا سر پر کچھ زیادہ ہی بھاری تھا، اس لئے مدد کے لئے رحسن کو بھی ہاتھ لگانا پڑا، جوں ہی ٹوکرا سر سے بلند ہوا غیر ارادی طور پر دونوں کے جسم آپس میں ٹکرا گئے۔ رحسن نے لطیف سا ایک جھٹکا محسوس کیا، جس کی وجہ سے اس کا توازن بگڑ گیا، مگر جمن نے ٹوکرا گرنے نہیں دیا۔ رحسن کے لئے یہ سب کچھ نیا نہیں تھا، مگر

جمن پھر بھی ایک غیر مرد تھا، شرم آجانا فطری بات تھی۔ اس کی سانسیں چڑھی ہوئی تھیں، حیا سے چہرہ سرخ ہو رہا تھا۔

ٹوکرا زمین سے اٹھانے کے لئے دوبارہ ہاتھ لگانا ضروری تھا۔ اس بار پھر جھٹکا لگا، حالانکہ وہ خود اس سے بچنا چاہتی تھی، مگر جمن نے ہی کچھ آگے بڑھ کر بچنے کے تمام راستے محدود کر دیئے، اور پھر اس دن سے یہ سلسلہ کچھ ایسا چلا کہ ٹوکرا ہلکا ہونے پر بھی جمن اسے ہاتھ لگانے کے لئے کہتا اور رحمن بھی ہاتھ لگاتے لگاتے دل، کلیجہ، سب کچھ لگا بیٹھی، اب جمن ہر روز اس کے دروازے پر سب سے پہلے آواز لگاتا اور کبھی بلائے، کبھی بن بلائے آنگن میں چلا آتا۔

رحمن جمعہ کے دن جلد کھانا پکا کر گھر کے تمام میلے کپڑے دھونے بیٹھ جاتی مگر اس دن کپڑے کچھ زیادہ ہی تھے گھر میں کوئی الگ سے غسل خانہ تو تھا نہیں، وہ آنگن کے ایک طرف چادر ڈال کر غسل خانے کا کام لے لیا کرتی۔ رحمن پیٹی کوٹ سینے تک باندھے بیٹھی کپڑے تھپک رہی تھی کہ اتنے میں باہر سے جمن کی آواز آئی۔

وہ تین آوازیں دینے کے بعد سیدھا آنگن میں چلا آیا۔ رحمن ایک دم گھبرا گئی۔ حالت بڑی نازک تھی۔ ذہن کام نہیں کر رہا تھا۔ بوکھلا کر زور زور سے کپڑے تھپکنے لگی تاکہ آواز سن کر وہ ادھر آنے سے احتراز کرے، مگر جمن بھی بڑا کائیاں نکلا، وہ دھیرے دھیرے پردے کے قریب چلا آیا۔

رحمن کپڑوں پر صابن گھس رہی تھی اسے دیکھ کر جمن کی آنکھوں میں ایک ساتھ ہزاروں مہتابیاں چھوٹ گئیں۔ اب تک وہ اپنی کالی کلوٹی گھر والی کو دیکھتا آیا تھا، مگر یہاں قیامت خیز حسن دیکھ کر اس کی آنکھیں پھٹی کی پھٹی رہ گئیں۔ اس نے آگے بڑھ کر فوراً رحمن کو اپنی بانہوں میں سمیٹ لیا۔ رحمن پہلے تو سمٹی جھجکی، پھر اس کے قوی بازوؤں میں ایسے سمٹ گئی جیسے بدن سے بھیگے کپڑے اور پھر دیر تک۔۔۔۔

رحمن اس کی طرف کچھ ایسی جھکی کہ پھر گھر کے دوسرے کام دھندے سے اس کا دھیان اٹھ گیا۔ اب جیسے تیسے کھانا وانا پکا لیتی اور دن بھر کھاٹ پر لیٹی الٹے سیدھے

خواب دیکھا کرتی۔ شوہر پر سے بھی اس کی توجہ کم ہو گئی تھی۔ شوہر نے پہلے تو اس کا کوئی نوٹس نہیں لیا مگر بعد میں جب سوچنے پر مجبور ہوا تب بھی اس کی عقل میں کوئی پتے کی بات نہ آئی۔

محلے میں اب اشارے کنائے ہونے لگے۔ بڑی بوڑھیوں میں چہ میگوئیاں شروع ہوئیں، مگر رحسن ان سب باتوں سے بے نیاز اپنے سپنوں کی دنیا میں ڈوبی رہی۔

ایک رات اس کا شوہر سامنے بیٹھا کھانا کھا رہا تھا، وہ سر نہوڑائے برابر سوچے جا رہی تھی، مگر کیا؟ یہ وہ بھی ٹھیک سے نہیں جانتی تھی۔ اس کے شوہر نے کھانا کھا کر اٹھنے سے پہلے اس کی طرف دیکھا۔

"کیوں جی کونسی دنیا میں گم ہو"؟

"کچھ نہیں" وہ چونک پڑی۔

"اری پگلی فکر تو مجھے ہونی چاہئے کہ آج ہی کل میں میرا یہاں سے تبادلہ ہونے والا ہے لیکن تم دبلی ہو رہی ہو۔" وہ ہنستے ہوئے بولا۔

"کیا آپ کا تبادلہ ہو رہا ہے جی"؟ وہ گھبرا کر بولی۔

"ہاں بھئی اسی ہفتے اس گھر کو چھوڑ کر ہم لوگوں کو جھریا جانا ہوگا" یہ کہتے ہوئے وہ ہاتھ دھونے کے لئے اٹھ گیا۔

رحسن دیر تک وہیں بیٹھی رہی۔ اسے یقین نہیں آ رہا تھا کہ اس کے شوہر نے جو کچھ کہا ہے وہ سچ ہے۔ اچانک اس کے دل میں ایک ہوک سی اٹھی اور شک کے تیر سے اس کا دل چھلنی ہو گیا۔ کہیں اسے وہ سب کچھ تو نہیں معلوم ہو گیا جو اب تک سب کی نظروں سے چھپا ہوا تھا۔

ساتھ لیٹتے وقت شوہر نے پیار جتانا چاہا، مگر اس نے طبیعت کی ناسازی کا بہانہ کر کے دوسری طرف منہ پھیر لیا اور سونے کی کوشش کرنے لگی۔

صبح جب جمن اپنی مخصوص صدا کے ساتھ گلی میں داخل ہوا تو وہ بے اختیار دروازے کی طرف لپکی اور جمن کو لئے ہوئے آنگن میں چلی آئی۔

"جمن میرے شوہر کا تبادلہ ہو گیا ہے، لیکن میں تجھے چھوڑ کر نہیں رہ سکتی۔" وہ جذباتی ہو گئی۔

"کیا تیرا آدمی باہر جا رہا ہے"؟ اس نے پوچھا

"ہاں، مجھے لے کر"۔

"تو پھر چلی جا، کیا سوچ رہی ہے"؟

"واہ! تو تو ایسے کہہ رہا ہے جیسے کوئی معمولی بات ہے۔ میں نے تجھے اپنا سب کچھ سونپ دیا۔ میں تیرے بغیر ایک پل نہیں رہ سکتی۔"

"تو کیا بول رہی ہے میری سمجھ میں نہیں آرہا" اس نے سر ہلاتے ہوئے کہا

"ہاں اب سمجھ میں نہیں آرہا ہے میں تجھ سے محبت کرتی ہوں جمن۔ چل ہم لوگ یہاں سے بھاگ جائیں، کسی اور شہر میں رہیں گے۔" اس نے سرگوشی کی۔

"نا بابا، میرے بال بچوں کا کیا ہوگا، میں انھیں چھوڑ کر نہیں جا سکتا۔"

"واہ، تجھے اپنے بال بچوں کا خیال ہے اور میرا کچھ بھی نہیں۔" وہ گڑگڑائی۔

دیکھ رحمن، تو نے سب کچھ مفت تو نہیں دیا۔ اس کے بدلے میں بھی تجھے ہر روز آدھ سیر گوشت دیا کرتا تھا۔"

"کیا بے جان گوشت کے بدلے زندہ گوشت۔"؟

جمن کھلکھلا کر بے ڈھنگے پن سے ہنسا "اری یہ تو دھندہ ہے، اور تو جان دھندے میں سب چلتا ہے"۔

رحمن کو ایسا لگا جیسے اس کا سر گھوم رہا ہو اور غش کھا کر گر پڑے گی۔

جمن نے اپنا خالی ٹوکرا اٹھایا۔ اور دروازے سے باہر نکل گیا۔

آج وہ سارا گوشت پہلے ہی کہیں بیچ آیا تھا۔

❖❖❖